Ik zal hoop ik aan jou alles kunnen toevertrouwen, zoals ik het nog aan niemand gekund heb, en ik hoop dat je een grote steun aan me zult zijn.

Anne Frank. 12 Juni 1942.

Ik heb tot nu toe een grote steun aan je gehad, en ook aan onze lieve club die ik nu geregeld schrijf, deze manier om in mijn dagboek te schrijven vind ik veel fijner en nu kan ik het haast niet afwachten als ik tijd heb om in je te schrijven.

28 Sept. 1942.

Anne Frank.

Ik ben, o, zo blij dat ik je meegenomen heb.

snoezige foto hè!!!!

SILAS CORRÊA LEITE

LEITMOTIV:

A longa estrada de fogueiras da cor de laranja

Diário da Paixão Secreta de Anne Frank

KOTTER
EDITORIAL

Coordenação Editorial: Sálvio Nienkötter
Editor-Executivo: Daniel Osiecki
Editor-adjunto: Claudecir de Oliveira Rocha, João Lucas Dusi
Capa: Jussara Salazar
Design editorial: Carlos Garcia Fernandes
Produção: Cristiane Nienkötter
Revisão e preparação de originais: O Autor

Dados Internacionais de Catalogação na Publicação (CIP)
Angelica Ilacqua CRB-8/7057

Leite, Silas Corrêa
Leitmotiv : a longa estrada de fogueiras da cor de laranja : Diário da paixão secreta de Anne Frank / Silas Corrêa Leite. -- Curitiba : Kotter Editorial, 2023.
208 p.

ISBN 978-65-5361-174-0

1. Ficção brasileira I. Título

CDD B869.3

23-0514

KOTTER EDITORIAL

Kotter Editorial Ltda.
Rua das Cerejeiras, 194
CEP: 82700-510 - Curitiba - PR
Tel. + 55(41) 3585-5161
www.kotter.com.br | contato@kotter.com.br

Feito o depósito legal
1ª Edição
2023

SILAS CORRÊA LEITE

LEITMOTIV:

A longa estrada de fogueiras da cor de laranja

Diário da Paixão Secreta de Anne Frank

Hannah Arendt:
"*Toda dor pode ser suportada, se sobre ela pode ser contada uma história*".

-Eu não vou entrar nesse buraco com você...

Fala de personagem do filme OLHAR DE ANJO

Não habitou meu ventre, mas mergulhou nas entranhas da minha alma. Não foi plasmado do meu sangue, mas alimenta-se no néctar de meus sonhos. Não é fruto de minha hereditariedade, mas molda-se no valor de meu caráter.

Se não nasceu de mim, certamente nasceu para mim.

Autoria desconhecida.

Rol de dedicações

Para Anne Frank, in memoriam

Annelies Marie Frank foi uma adolescente alemã de origem judaica, vítima do Holocausto. Ela se tornou uma das figuras mais discutidas do século XX após a publicação do Diário de Anne Frank.

Nascimento: 12 de junho de 1929, Frankfurt, Alemanha - Falecimento: fevereiro de 1945, Bergen-Belsen, Alemanha

Causa da morte: Tifo

Para Otto Frank, in memoriam

Otto Heinrich Frank foi um empresário alemão. Ele é mais conhecido por ser o pai de Anne Frank e Margot Frank, escondendo-se com elas, sua esposa Edith Frank e outro grupo de pessoas judias no Anexo Secreto.

Nascimento: 12 de maio de 1889, Frankfurt, Alemanha - Falecimento: 19 de agosto de 1980, Birsfelden, Suíça

Causa da morte: Câncer de pulmão

-0-

O Autor
Planeta Lágrima

Apresentação do Autor

Tintas (Água, Sal e Muro)

Um índio pode deixar suas terras muito além das montanhas e florestas
Passar por divisas, armadilhas - entrar em grandes metrópoles urbanas tristes
Mas, ainda dentro de um shopping, no meio de uma praça pública ou túnel
Um índio será sempre um índio

(Tenho sangue índio, negro e judeu em mim)

Um negro pode ter deixado a sua aldeia numa distante savana da África-Mãe
Passar por moendas, engenhos, bandas de blues ou resistências espirituais
Mas, ainda dentro de uma catedral, no meio de anjonautas ou solitário
Um negro será sempre um negro

(Tenho sangue índio, negro e judeu em mim)

Um judeu pode deixar sua sinagoga, sua tribo, seu cântico do talmude
Passar por diásporas, derramas, cálices, trevas, êxodos ou inquisições

Mas, ainda que esteja cordeiro tosquiado no vale da sombra da morte
Um judeu será sempre um judeu

(Tenho sangue índio, negro e judeu em mim)

....

Sou a mistura de horizontes, fermentos; salmos e renascimentos alados
Sou água, sal, muro das lamentações, ancouradouros e flores de jasmim
O que mais sou numa aquarela de misturas quando escrevo todas as tintas de mim?

Sou a dor do índio vitimado
Sou a cor do negro escravizado
Sou o horror do judeu exilado
Sou lágrima, arado, pensagem, querubim
sou todos os seres humanos numa paleta misturado

Sou a raça humana - a espécie que erra
Sou o bom cabrito que no poetar berra
E sou, ainda, a minha própria terra,
eu mesmo um Brasil indecifrável lá dentro de mim

-0-

Silas Corrêa Leite
Poema da Série FERIDOS VENCEREMOS
Do inédito livro de pensagens (pensamentos mensagens) de estilo "afroluso-tupi-davídico" do autor

Cada romance, cada poeta, cada poema inventa a sua própria correnteza estética-ética. Nenhuma receita, nenhum conhecimento, nenhuma oficina, nenhuma instrução, nenhum amestramento pode substituir esta força do aformal: o PENSAMENTO ativo. O livro tensiona o arco estético e ético, cria só para si zonas adjacentes das inutilidades, o impessoal, os itinerários aberrantes, os paradoxos, as estranhezas, as reviravoltas, com razões ardentes, razões impuras: cria as suas subversões, potencializando zonas agramaticais, ritmos assintáticos, forças incorporais, catalisadoras de singularidades de afetos inventivos: o corpo estrangeiro do escritor experimenta o acontecimento delirante, a histeria produtora de tempo, a fuga feminina da língua, os desvios animalizantes (sem delírio na língua não existe literatura, sem sabotagem dos códigos, sem vidências, sem visões, sem tremendas audições, sem feitiçaria, sem o imperceptível, o alógico, as sombras expressionistas não existe literatura, o resto são comunidades de amigos que se estimulam, animando a pista das bajulações e do cultivo dos favores e dos desfavores)

Livro-Conversações Luis Serguilha com
o físico, artista e investigador chileno
Arturo Weitzman
ED. CAIÇARAS SANTOS-SP

Sumário

Diário de Anne Frank, o Livro

Anne Frank é uma menina judia que, durante a Segunda Guerra Mundial, teve que se esconder para se escapar dos seus algozes nazistas. Junto com mais sete pessoas, ela se escondeu no Anexo Secreto, localizado no canal Prinsengracht, nº 263, em Amsterdã. Depois de pouco mais de dois anos escondidos, os oito foram descobertos e enviados para campos de concentração. O pai de Anne, Otto Frank, é o único das oito pessoas que sobreviveu aos campos. Pelo diário que Anne escreveu quando ainda estava escondida, ela se tornou famosa no mundo inteiro. Mas isso só aconteceu depois de sua morte.

Anne Frank

A vida na Alemanha

Anne Frank nasceu em 12 de junho de 1929, na cidade alemã de Frankfurt am Main, lugar onde a família de seu pai vivia já por várias gerações. A irmã de Anne, Margot, era três anos e meio mais velha do que ela. A crise econômica, a ascensão de Hitler ao poder e o crescimento do antissemitismo puseram fim à vida tranquila da família. Otto Frank e sua esposa Edith decidem, como vários outros judeus, deixar a Alemanha.

Uma nova vida na Holanda

Otto consegue estabelecer um negócio em Amsterdã e a família encontra uma casa na Praça Merwedeplein. As filhas vão para a escola, Otto trabalha duro em seu negócio e Edith cuida da casa. À medida que a ameaça de guerra cresce na Europa, Otto e sua família tentam emigrar para a Inglaterra e Estados Unidos, porém, falham as tentativas. Em 1º de setembro de 1939 a Alemanha invadiu a Polônia e, com isso, começava a Segunda Guerra Mundial.

Guerra na Holanda

Em 10 de maio de 1940, as tropas alemãs invadiram a Holanda. Apenas cinco dias depois a Holanda se rendeu. Com o país ocupado, celeremente, são aplicadas leis contra os judeus. Leis que impõem, cada vez mais, restrições que afetam tanto a vida pessoal de Otto e sua família, como a de seu negócio. Otto tenta emigrar com sua família para os EUA, mas, não consegue. Fica cada vez mais claro que a família terá que se esconder. É preparado então o esconderijo, no prédio em que funcionava a empresa de Otto.

No esconderijo

Em 5 de julho de 1942, Margot Frank recebeu uma convocação para se apresentar para o campo de trabalho forçado na Alemanha. Logo no dia seguinte, a família Frank foi para o esconderijo. A família Van Pels seguiu para lá uma semana depois e, em novembro de 1942, uma oitava pessoa se agregou ao esconderijo, o dentista Fritz Pfeffer. Eles ficam morando no Anexo Secreto durante dois anos. Os escondidos têm que se manter em silêncio, frequentemente sentem medo e, bem ou mal, passar o tempo uns com os outros. Eles foram ajudados pelos funcionários do escritório - Johannes Kleiman, Victor Kugler, Miep Gies e Bep Voskuijl - além do marido de Miep Gies, Jan Gies, e do gerente do armazém Johannes Voskuijl, o pai de Bep. Esses ajudantes cuidavam não somente de trazer alimentos, roupas e livros; eles também significam o contato com o mundo exterior para as pessoas no esconderijo.

Um diário como a melhor amiga

Pouco antes de ir para o esconderijo, Anne ganhou um diário de presente de aniversário. Ela começou a escrever imediatamente e, durante seu tempo no esconderijo, escreveu sobre os acontecimentos no Anexo Secreto, bem como sobre si mesma. Seu diário representou um grande apoio para ela. Anne também escrevia contos e colecionava suas frases favoritas de outros escritores em seu: Livro de Belas Frases. Quando o Ministro da Educação, através da rádio inglesa, fez um pedido para as pessoas guardarem os diários de guerra, Anne decide editar o seu, e criar um romance chamado "O Anexo Secreto". Ela começou a reescrever o seu diário, mas antes que conseguisse terminar, ela e as outras pessoas do esconderijo foram presas.

Prisão e deportação

Em 4 de agosto de 1944 os escondidos foram presos, juntamente com os ajudantes Johannes Kleiman e Victor Kugler. Através da sede do Serviço de Segurança alemão (Sichterheidsdienst), das prisões e do campo transitório de Westerbork, eles são deportados para Auschwitz. Os dois ajudantes são enviados para o campo de Amersfoort. Johannes Kleiman foi libertado pouco depois da detenção e, seis meses mais tarde, Victor Kugler conseguiu escapar. Imediatamente após a prisão, Miep Gies e Bep Voskuijl resgataram o diário de Anne e papéis que foram deixados para trás no Anexo Secreto. Apesar de intensas investigações, nunca ficou claro como o esconderijo foi descoberto.

O retorno de Otto Frank

Otto Frank, contudo, foi o único, entre as oito pessoas do esconderijo, que sobreviveu à guerra. Durante sua longa viagem de volta à Holanda, ele ficou sabendo que sua esposa, Edith, havia morrido. Ele não ainda sabia o que havia acontecido com suas filhas, e mantinha a esperança de reencontrá-las vivas. Seu retorno a Amsterdã ocorreu no início de junho. Ele foi direto encontrar com Miep e Jan Gies e permaneceu com eles por mais sete anos. Em julho, tentando encontrar suas filhas, Otto recebeu a notícia de que ambas haviam morrido de doença e privação em Bergen-Belsen. Miep Gies, então, lhe entrega o diário e os papéis de Anne. Otto lê o diário descobre uma Anne completamente diferente. Seus textos o emocionam profundamente.

O diário de Anne Frank

Anne escreveu em seu diário que queria se tornar uma escritora ou jornalista, e que gostaria de ver seu diário publicado como um romance. Amigos de Otto Frank o convenceram da grande expressividade do diário e, em 25 de junho de 1947, "O Diário de Anne Frank" foi publicado com uma tiragem de 3.000 exemplares. Seguiram-se a esta, inúmeras outras edições, traduções, uma peça de teatro e um filme.

Pessoas de todos os lugares do mundo passam a conhecer a história de Anne Frank. Ao longo dos anos, Otto Frank respondeu a milhares de cartas de pessoas que leram o diário de sua filha. Em 1960, a Casa de Anne Frank tornou-se um museu. Otto Frank permaneceu envolvido com a Casa Anne Frank e com campanhas pelo respeito aos direitos humanos até sua morte, em 1980.

Fonte/Adaptado: http://www.annefrank.org/pt/Anne-Frank/O-resumo-da-historia/

....

“*Não há nenhuma janela aberta no caos. Mas você tem que sair*”.

(SCL)

“*Ponde-vos nos caminhos, e vede, e perguntai pelas veredas antigas, qual é o bom caminho, e andai por ele; e achareis descanso para as vossas almas.*”

(Yermiyahu/Jeremias 6:16)

Capítulo Um

"A imaginação não é um delírio e merece mais do que ser deixada por conta de uma patologia do erro ou de uma psicologia de associação... As ideias são inatas no homem"

Gerard Lebrum

....

"Cada escritor cria seus precursores. Seu trabalho modifica a nossa concepção do passado e também há de modificar o futuro e nesta correlação não importa a identidade ou a pluralidade dos homens"

– Jorge Luiz Borges/Ratificando T. S. Eliot

....

"Toda linguagem é tendenciosa e nunca chega a um "sentido único"(...) Estamos mergulhados em múltiplas significações para os nossos estímulos, até quando dizemos algo que quer ser único e objetivo. A linguagem é a incerteza com o consenso"

Luis Costa Pereira Junior/Revista Língua Portuguesa

"Todas as nossas obras não passam de um esforço desesperado para dizermos o indizível"

Merleau-Ponty

Querido Diário

Introdução (primeiras tentativas de impressões pessoais sobre primeiros passos de recolhes, de um despojo em cativeiro aberto no peito e na alma)

....

O mesmo sonho de sempre, um maldito sonho recorrente, continuado, sonho ou pesadelo, que vem e que vai, e que se repete, feito um inconveniente leitmotiv mental que seja, neura ou sequela... medo ou instinto... purgação ou fermento; decantação?

Primeiro uma longa estrada cheia de fogueiras da cor de laranja, depois muda o quadro cênico na minha cabeça apavorada, e tudo de horrendo surge do nada dentro de um favo de um sonho bom, que é do meu feitio ter e lembrar, e então há um estranho e inoportuno disparo íntimo...

... como se um instinto se resguardando, querendo me proteger sem conseguir, e que verga todo meu frágil ser possuído, tomado,

e eu caminho, caminho...
perambulo, andarilho
peregrino (no sonho-pesadelo)
saio de mim

e do sonho bom,
para isso,
e digo,
e conto,
e relato,
(e delato),
porque lembro,

infelizmente, lembro...

(Só por Deus)

....

Circulo pelos tantos escombros quanto é possível botar os olhos estupefatos no que está perto, permeia, no que está longe, margeia, nas redondezas, cerceia, em horizontes fúnebres.

Sou parte anômala deles todos, de montes fétidos, de lixões podres, de entulhos de bombardeios entre montes de paralelepípedos, de ocasionais cavernas urbanas, camufladas de restos de madeiras, pedras, desmoronadas paredes de contenções, ferragens, ferrovias sendo consertadas, desertores como fantasmas com máscaras de medo furtivo, toques de recolher, sons de sirenes malucas, bichos mortos.

Estou (presa?) no arremate de um circuito de círculo vicioso...

Os chorumes do paradoxo do caos descansando de ser caos agora.

Tento, entre esses restos, resisto e tento me parecer também e por assim dizer com o resto de alguma coisa, feito limão seco, nódoa, ferrugem, figo roxo, torta de maçã com musgo, mosca morta, cal, pó, ossos, cascas de baratas, e assim mesmo no sonho como se a tentar me camuflar e não ser reconhecida pela Politzer...

Polícia...

Tento escapar de ser identificada como gente, não ariana, como alma humana, não perfeita, como esquilo aleijado, não permitido viver, como uma coruja velha, como coelha fugitiva, como sobrevivente que teria que estar morta ou num campo de concentração, por assim escapar de ser uma fugitiva para morrer na neve, mal escondida como um galho seco, um tubérculo... sobreviver... escapar... de findar feito um rato morto, uma coruja apodrecendo de fome, coisa assim...

Não posso deixar rastros. Jamais.

Não devo. Não agora, não eu, não assim...

Então, não tenho.

No pesadelo o vento ruidor às vezes apaga minhas pegadas no fósforo do ar modorrento.

Estradas se bifurcam. Estradas? Células?

Novas fogueiras. Fogueiras? Labirintos?

Outras vezes procuro eu mesmo minhas próprias pegadas e não as vejo, e assim não sei se rio ou se choro, se caio em mim, se saio de mim, ou mesmo se ainda estou em mim. Viva? O que é mesmo estar em mim? Se deixar de sentir, vai doer menos?

Aprendi na dor.

Ou D.us cuida disso para mim. Sei lá.

Fujo de ideias concebidas com princípio, meio e fim.

Fujo de latidos.

Posso ser identificada pelo meu cheiro.

Então, tento não suar, nunca,
não cheirar, não existir...
quase nem respirar,
nem padecer respiração,
não ser nada, nem por sonho,
não me parecer com nada,
nada sei, não tenho, nada sou...

me movimentar como uma mera sombra fortuita apenas, e assim, e por isso mesmo,

valham-me os céus,

tentar ser preservada, esquecida, não me parecer com nada, escapar.

É o que me resta.
É o que temos.
É o que somos.
É o que sou e sinto e penso e cismo e reino...

Somos?
No sonho (no sonho?)
Escuto latidos de cães ao longe e tenho medo.
Muito medo.
Quase um medo-rabo.

....

Ter medo do longe que se precipita, já pensou?

E já chorei de medo, e já fiz xixi no pijama encardido desse medo.

Tenho que me controlar. Suportar. Preciso.

Sinto cheiro de cães pastores alemães de longe, sinto sim, feito ser eu mesma um bicho acuado, que de certa forma sou, preciso, estou. Fico.

Mas a guerra vai passar, sim, vai, alguns sobreviverão, algumas pessoas... custe o que custar,

serei uma delas.

Acordo depauperada, entregue, frouxa, fora de mim, o que quer que seja o mim agora, perguntem aos céus. (Céus de chumbo hoje).

Sobreviverei?

E sobreviver, a que será que se destina?

Se não, por um motivo ou outro – espero que não doa muito a dor da morte (eu não quero morrer!) e nem dure muito esse martírio - fixarei esse diário secreto nalgum lugar, ermo, alhures, buraco negro, fendas, veios de paredes - quando forem reconstruir esse país em que estou agora, pós-guerra, encontrarão esse diário e dirão:

"*Uma pessoinha louca teve um inédito, inusitado e estranho príncipe encantado, e amou-o, amou-o secretamente, pois amou-o por dois, por ela e por ele que nem sabia que elazinha existia, muito menos que ela o amava, proibida que era de existir, imagine então,*

de amar

de sonhar em ser feliz.

A coitadinha, sonhadora romântica serelepe amou a vida, amou a esperança como inteligência da vida, o sonho impossível amou também, como muito bem e preciosamente amou viver, amou esse jovem-menino por ela e por ele mesmo, feito uma secreta paixão quase que impossível de acontecer".

....

Ou isso é proibido, será censurado, esconderão essa minha dor--amor como fuga do Eu de mim?

O "jovem menino" deve ter alguns anos mais do que eu, cabelos de trigo, pele alva como a neve, sardas.

(A esperança é a única que move)

Querido diário

Eu o vi várias vezes. Sondo, sondei. Preciso confessar. E vê-lo foi buscar âncora, prumo, prisma, sentido, batel; de viver? Ou de escapar de viver? Eu, na escola e antes da guerra, conheci e achava que amava o Peter Um, namorico, ilusão passageira, depois conheci o Peter 2, grande amigo, confidente, mas esse não é para o meu bico... Mas esse rapazote agora – paixão secreta, amor clandestino; pode uma coisa dessas agora? - um menino bonito, alto, esguio, sério, sereno e me parece muito inteligente, com andar de ganso, esguio, como o primeiro Peter...

Eu o vi, captei, senti... Segui-o. Sim, corri o risco.

Espero-o. Como uma toleima. Uma obsessão?

Sondo-o. Como um farol...

Sei-o. Como um ponto de interrogação na incógnita...

Amo-o. Sinto, sei. Sim, perdoem, fui isso: é o que temos (para sustentação na lanterna dos afogados?)

Paixão cega, louca, quase uma pecadora perdição. Não consigo fugir disso nesse momento... Paixão impossível... inventada, inventariada... uma minha escora... para me desviar senda, me manter viva... o que quer que isso agora signifique... custe o que custar... Vai doer?

Mas faço uma bendição, que D.us me perdoe, preciso disso (loucura, bobice, surto, busca desesperada de algo a que se apegar?) para respirar luz, me imantar, me inflar, me clarificar... me oxigenar nessa podridão toda (me sentir existindo; vocês sabem o que é isso?). Preciso.

Eu o nomino de Leitmotiv. Batizado assim. Está feito.

Vi a tal interessante e bonita palavra alemã num germânico dicionário velho do pai, e anotei no corrido da descoberta, no apressado da hora imprópria, o significado da palavra que me soou como um anelo cruciante, um gancho, um veio, um catalisador que seja:

"*Lajmotif*", "*Leitmotiven, substantivo masculino, Música: tema melódico ou harmônico destinado a caracterizar um personagem, uma situação, um estado de espírito, e que, na forma original ou por meio de transformações desta, acompanha os seus múltiplos reaparecimentos ao logo de uma obra; motivo condutor, ideia, fórmula que reaparece de modo constante em obra literária*(...) *com valor simbólico para expressar uma preocupação dominante*(...)*; imagem ou sequências de imagens que repetidamente*(...) *de valor simbólico contribui para a estruturação de seu ritmo*(...)*; assunto, ideia, preocupação, que vem a baila com insistência*(...)*; motivo recorrente, fundamental, significativo*(...)."

....

Portanto, querido diário número dois, minha paixão secreta tem um codinome assim, mas que bem poderia ser beija-flor, pássaro-flor, arco-íris, visitador, peregrino, passante, disperso, pássaro raro, violinista, stradivarius, mas eu chamo de LEITMOTIV, tudo a ver, tudo a ler, tudo a ser. Tudo a crer? Só por Deus.

Que o Criador do céu e da terra, da paz e da guerra, nos ajude.

Ele está no meio de nós?

Prefácio

devorar as vértebras do pássaro

*

devorar as vértebras do pássaro em lapsos latejos fraturando a retina
do rosto cavado – fôlego de pássaro – rugem nervuras de silêncios
sobre a carcaça do ex-sudário saciado de sandalina
a cortina esvoaça: o cheiro de alcatrão e urina
invadindo as narinas
(dobradiças de carne)
um flamingo sobrevoa
o lago de água turva
como um morcego
ossadas à mostra
sobre o leito – o sol dissolvido – enquanto o tempo
flui intrigas anáguas de seda
pulsar os camaleões
da epiderme e crivá-los
de arpões de ardósia
o chão escarlate – a última cicatriz

*

Ziul Serip

....

Sopa de pedras, modo de dizer. Como uma lenda antiga...

Quando falta o essencial, o básico, a despensa quase às moscas, meio vazia, e as chamadas perigosas entregas nada pontuais falham, então, desesperados fazemos sopa de tudo o que achamos, as vezes também para completar o que correndo nos trazem, dentro do possível e emergencial; o que as vezes é pouco para tantos, ou uma ou outra vez não trazem, falham, pois os que trazem também correm riscos...

Podem ser presos, torturados, e apenados, mortos. Nos entregarão? Delatando ganharão vidas a mais?

De tudo que emana, salta, eriça, aponta raminhos, o que se envereda entre restos, cimentos, pedras, monturos, farpas, fiapos, raízes, caules. Catamos.

De algumas raízes mancas, algumas folhas frouxas, rudes tubérculos, e também pode ser uma amêndoa verde, um almeirão sapecado de fuligem de carvão, até uma espécie de grama alta e verdinha já comemos, como salada e com suco de água de língua como rotulamos.

É o que temos.

Sobreviver é preciso.

Existir não é preciso?

Um pedaço de doce meio vencido complementa o rancho, raspamos, tiramos as nódoas, o ranço, e isso num litro de água filtrada pega cor, dá um sumo ralo, um caldo cor de caramelo podre, e vira nossa bebida improvisada de ocasião, acompanhando nossa sopa rala, sem nervuras, e ainda temos que agradecer ao Criador por isso.

Obrigado, Senhor, por isso, por nada, quase nada. O nada que temos e que somos aqui e agora?

Nem temos uma sopa de amido com couve de bruxelas que adoro.

O pai dizia que podia ser pior, poderíamos ter sido levados, o que quer que seja Levados, talvez até que poderíamos estar mortos, completa ele, sisudo e tenso, mas sempre sondando desmontes, de butuca, um olho na fervura, outro nos sons do silêncio, sem faca e o queijo nas grossas mãos com nervuras expostas, mas cortando situações, limites e destemperos. Farol.

Ou já morremos, e esse lugar em que estamos feito um improvisado cafundó ermo, escondidos, em que nos restamos entre escombros camuflados, é que é o limbo, para purgarmos os nossos pecados? Ah, não acredito muito nisso.

Mas, e eu, que culpa tenho, que pecados cometi, eu que mal-e-mal já beijei o Peter, mas era só um rápido e bobo beijo roubado? Aqui não, aqui respiro, tem o soldadinho de chumbo (que não posso brincar com ele) codinome Leitmotiv, que meus pais podem ser reclamões, sempre preocupados e que então por isso mesmo não saibam, não devem saber, não podem, nunca, ou eles me matam, talvez como o filho de Abrahão, num cepo ... se é que podem matar o que já está meio com um pé na cova...

Eu, uma estrela bailarina,

na corda bamba de um secreto circo cigano, na corda bamba e sem sombrinha...

-"*Senhoras e senhores, o show tem que continuar muito além do vale da sombra da morte, muito além do terrível espetáculo de horror lá fora, muito além do farol do fim do mundo ... aqui dentro, como se com uma boneca russa, dentro de outra boneca russa, que tem outra boneca russa dentro...*"

Não, não posso desistir de viver, de ter esperança. (Essa esperança me morde...)

Esperança é tudo o que me move, Esperança é o outro nome do Amor de Deus; é, por tudo que há de mais sagrado, tudo o que tenho, e não é pouco nessas horas, ocasiões e circunstâncias.

Esperança, e essas palavras.

Perdoem essas palavras.

Esse diário-alma-gêmea. Despistando um ponto de fuga íntima...

E perdoem se eu não soube sobreviver direitinho ao tempo tenebroso delas... as páginas de mim, no diário íntimo, secreto... narrando essa boba e louca (e imprudente?) paixão impossível... Só eu mesmo para inventar isso em parcas horas turvas...

Mas, não dizem que para D.us tudo é possível, que coragem é milagre, um sonho de paz, a paz pura para todos do planeta, pomba branca acima e sobre todas as coisas?...

....

Tem dias que são noites, e temos ainda as propriamente ditas noites enfermas, tórridas; e fujo, pulo meadas, solto tábuas, arranco tramelas, salto muros de arrimos caindo aos pedaços, e escapo, fujo-me entre sombras, subterrâneos, vãos, além dos nossos quadrados improvisados do clã, e assim topo com arames entre palacetes, paredes cinzas, escuridões forçadas, sendo também uma sombra bípede entre latidos e zumbidos, e gentalha rude daqui pra li, com tufos de butins suspeitos, vago entre cheiros podres e lembranças de como tudo era belo e suntuoso antes, a arquitetura do país esbelto, palacetes, casarões, telhados rosas, vermelhos, e de como é agora, de como será no futuro, se houver futuro... para a Holanda, para a Alemanha, para a Europa em polvorosa, para os judeus, para a civilização, para a espécie humana, a tal civilização, para o mundo...

Abençoado seja o futuro que me lerá vencedora ou vencida, como uma mera sobra ou farpa, ou chispa, ou lume neutro nesse diário, ou num convite à reflexão sobre jovens que, como agulhas num palheiro moram e morrem na guerra; crianças que morreram e se perderam na guerra...

... refugiados, inocentes, desterrados sem pátria... párias, mortos de fome, fugitivos do caos...O que eu serei, afinal, nisso tudo, feito uma pobre e sonhadora Anna que deu testemunho de si, com uma esperança limpa como uma lupa de cabo de prata ou marfim, uma alma pura que se apaixona também por uma emergente sombra que passa; que, aqui e ali meio que divaga, dispersa, embruma, dilui, flutua? Ah, sombra; entre sombras, amando uma sombra de patriarca com patente alta. O inimigo voraz. Pode uma coisa dessas, mãe-terra?

Parte Um

Eu falo mais comigo mesma, do que com os outros.
Anne Frank

As alertadoras buzinas-alarmes de sempre urram um estrondo apocalíptico ensurdecedor, sons assustadores rasgando o beiço mole de meio crepúsculo se anunciando repetidor em trauma e deszelo íntimo. Treinados cães sanguinários e raivosos latem ensandecidos, ouve-se sequências de dantescas explosões ensurdecedoras, ramas de pássaros assustadiços rompem a barreira do ar macetado e corrompido. Ah, depois vem o barulho de bombas, bombas sequenciais, morteiros, em seguida as dantescas explosões, e nessas horas de horror – a fuga! a fuga! – eu, de alguma forma que fosse possível e mesmo penoso de emergência; e eu me saía de mim como se vestisse um pijama de subterrâneos – e me lembrava/lembro (punha-me nele...) do meu sonho recorrente, de que estávamos todos em casa, além do esconderijo pré-montado, a graciosa e sagrada família reunida, quarteirão em festa, alegres, felizes, estávamos alumbrados em paz, livres, cheio de tarefas e afazeres, num lugar que só era mesmo como se dentro de uma bruma branca; uma longa estrada de fogueiras da cor de laranja, ou dentro do meu coração ferido. E lá todos dançávamos, cantávamos, pulávamos, batíamos palmas, batíamos os pés, e éramos de novo e de alguma forma milagrosa uma família inteira, e lá estava Peter com minha amiga, ela o tinha escolhido ao final de contas, ele a tinha escolhido apesar do meu nervoso beijo roubado; e, súbito, pulando etapas, tempos, momentos e festins, relógio de corda do tempo-rei, o menino-jovem novo e alemão possivelmente que para mim se chama Leitmotiv, porque não iria me apresentar, e ali éramos todos iguais, eu poderia agora saber a cor de seus olhos de pertinho, como sabia que beijo não engravida, e sonhava ter com ele muitos filhos, era questão de tempo e de meu processo de sedução após todo esse duro amadurecimento nas trincheiras periféricas da guerra, e eu, louquinha da pá virada cedo ou tarde me insinuaria, vaidosa e perfumada, chique, chispando me apresentaria, fazendo gosto, fazendo tipo, muito prazer, qual é o seu nome, eu o amo, perdoe... iriamos um dia tomar uma bebida de água doce, um dia iriamos ao cinema, um dia iríamos amarrar os sapatos um do outro, um dia, claro, iriamos nos casar...

Eu não tenho culpa...

ele não tem culpa...

Não posso nunca perder a esperança.

Crianças e jovens nunca têm culpa, meu Deus! Nem as crianças que, desgarradas nas ruas infectas roubam para sobreviver, furtam para prover os lares miseráveis...

Nunca poderia perder a memória do sonho...

As Leis de Moisés

Anotado num espaço vago de uma bula de remédio para a pneumonia.

Hebraico: A Lei de Moisés - Antigo Testamento, o Pentateuco: Genesis, Êxodo, Levítico, Números e Deuteronômio.

O pai, que carinhosamente chamamos de Pim, sabia muito bem e todo pimpão declamar trechos inteiros.

E nós todos, servos dessas palavras santas. Abençoadas.

Afinal, diz o pai, isso, queiramos ou não, tudo isso de belo e benigno está escrito na nossa alma, desde muito antes do barro primordial de antigamente.

"Amanhã eu fico triste...
Amanhã!
Hoje não.
Hoje eu fico alegre!
E todos os dias,
por mais amargos
que sejam,
eu digo:
Amanhã eu fico triste,
hoje não! "

(Autor desconhecido)

Poema encontrado na parede de um dos quartos de crianças judias do campo de extermínio nazista de Auschwitz

Eu falo muito sozinha. Aliás, falo pelos cotovelos. A mãe diz que se me prenderem num guarda-roupa, eu converso com os cabides...

Eu falo muito mais comigo mesmo do que com os outros, com alguéns. Issos e aquilos. Nos disfarçados e bem protegidos (pelas camuflações) escombros da casa-jaula(?) onde vegetamos como parte dos escombros subterrâneos úmidos, com mofo, ratos, baratas e restos secos de matos sujos; falar é quase que se ofertar pura e simplesmente para alertar a morte que rodeia, ronda, ruge e viça.

Silenciar sobre nós mesmos é permanecer de alguma forma vivos, o que quer que isso então e afinal seja e signifique.

Deus

Tentei falar com Deus.

Mas Ele, possivelmente sempre com aquele andar-de-chutar-pocinhas nas dantescas viajosas nuvens chuvosas, deve estar sempre muito mixuruca de conversa, papo pro ar sideral, não deve de querer diálogo nesses tempos rudes, tenebrosos. Então escrevi um poema na palma da minha mão direita que tem uma roseira.

Deus lê nas estrelinhas, até o que eu não quis dizer, até o que eu não escrevi...

Deus deve solar clarinete pelos pensaventos.

Dia detravessado

-Acordei.

Que merda. Desculpe querido diário, você não tem culpa...

Preferiria estar morta.

Deus, me perdoe... Sou assim, não me transforme numa estátua de sal como a mulher de Lott. Eu não tenho culpa. Eu tenho cura. Acho que sim. Releve. Fui posta na balança, mas não fui achada em falta... (Ah Nabucodonosor)

(se a mãe me ouvisse falando palavrão cabeludo, iria querer lavar minha boca com sabão de cinzas do cativeiro do Egito antigo)

Farinha de ausência, licor de ausência

– O que não temos para comer hoje?
– Chá de água com língua...
Biscoitos de ausências.

OREMOS.

Boneca

Achei e crio e cuido de uma encardida boneca sem um dos braços, boneca pobre e simples achada num monturo, e assim a crio coitadinha como se fosse minha própria filha.

Quando me horrorizo de tristeza e solidão, logo entabulo conversas com ela, que depois de me ouvir desesperada é como se assim solícita me viesse cândida e me abraçasse como uma árvore desgalhada, cabelo de vento, e eu, emocionada e depressiva no abraço demorado, sinto até o tal braço dela que já não há...

Quando finalmente no madrigal acordo com enxaqueca – e sempre tenho enxaqueca - com o gosto de sal de lágrimas noturnas na encardida fronha úmida de bolinhas amarelinhas, ela ainda está ali, pobrezinha, aleijadinha, coitada, ao lado do meu travesseiro de raspas secas de cascas de limão, então eu ainda sinto que ela me sorri com os eternamente abertos olhos da cor do céu, e sensível assim como uma lesma lerda capto uma palavra secreta que, no meu íntimo transido soa como um doce bom dia de restauração, e com bonito sentido de zelo íntimo de um novo recomeçar... recomeçar... recomeçar...

(a solidão é um veneno lento...)

Árvores

Eu gostaria muito de poder conversar com as árvores.

Talvez, numa outra vida, se houver outra vida, um novo céu e uma nova terra, eu possa ser uma árvore...

Dar frutos,
Flores – tulipas, tulipas -
sementes,
ninhos de pássaros,
ventos,
nuvens,
esquilos,

O céu é um paraíso de árvores sagradas?
Ou um paraíso de livros, que vem de árvores?

Guerra

De repente essa guerra acaba, assim, sem mais nem menos, como começou.

Ou não é assim que funciona?

No olho do furacão, o olhar melindrado conspurca a alma...

Às vezes me sinto um peso morto caçando raspas de tachos, picumãs e fuligens nos telhados dos sobrados vizinhos...

Lugar de Mim

O lugar de uma guerra, não é lugar em que Deus mora.

Não criou Deus o céu e a terra? Revoltadazinha, meio aborrecente que seja agora, mesmo já crescidinha, declino olhares, pensares, sentires, até más intenções madurinhas como olivas venenosas...

Quem foi então que criou o embate, a peleja, o desafio, a baderna, a vingança, a luta, o duelo, a guerra; sangue inocente arando terras férteis... Santo Deus? Santo, Santo, Santo Deus!

Pudesse eu, escreveria essas perguntas a prego na minha testa, rasgando-a, marcando o osso frontal, e quando morresse, mal chegando ao céu, eu iria cobrar Deus:

-Por quê?

Seria condenada ao fogo eterno?

Na casa do Pai há muitas moradas.

Todos temos uma casa do outro lado?

Água

A água que nos vem é pouca, as comidas reguladas em latas ou grandes marmitas, mais ou menos, então desejar loucamente tomar regularmente banho nem pensar. Eu por mim tomava três por dia... Tenho vício de banho demorado... Sinto-me um peixe.

Quando chove, Papai fez um reservatório de captar água de chuva, então tomamos banho frio. É o que temos. O que nos resta, Aleluia.

Roubar água das cisternas da fábrica que tomaram dele, não foi possível, iria escoar pelo montante de gente no anexo secreto, que desconfiaram, poriam técnicos para verificarem vazamentos, correríamos ricos.

Fedíamos um pouco, mas estávamos vivos.

Só um cão bem perto do anexo poderia nos detectar...

vivos...

Morte

Cheiro de morte no ar, entre canais de águas suntuosas, tulipas secas e ventos cantadores...

Amsterdã era linda, mas alguma coisa no ar agora fede a morte. O que não tem nome, fede a morte. O inominável dentro do circuito do horror...

Não identifiquei curso e causa.

Talvez fosse o meu próprio medo de morrer cheirando, quem sabe...

Comida

Hoje comi um cheiro de comida.

Sim, comi o cheiro.

Sim, querido diário, só um mavioso cheiro de comida que me veio de longe, muito longe, quase de um longe tipo lugar que não existe.

Veio na pegada do gume do vento-coisa.

Pensei, com minha grinalda de esperanças brancas: -Ah um pedaço de pão de ervas caseiras para comer com esse cheirinho de comida diferente, especial, seria um maná divino.

Uma lágrima fortuita desceu-me a face branquela e acho que cortou a pele de meu sentir, a pele do meu íntimo...

Ainda sou muito criança, às vezes, mas só as vezes...

Parte Dois

Vê

(Tal Nitzán)

Vê
Não é um banco verde no quarto das crianças
é um crocodilo
não é um crocodilo
é o futuro:

Eis o movimento lento dos seus olhos
Eis o bater das suas mandíbulas terríveis

Mas onde estão as crianças?
Este não é mesmo o quarto das crianças
Este é o quarto da infância.

Eis que tu te encontras nele
em teu vestido pequeno e a tua boca fechada
e todos os teus crocodilos diante de ti.

-0-

....

As famílias judias sentem o sabor inconfundível da infância, quando ouvem uma canção que é muito cantada por nossos ancestrais. Poucas pessoas, no entanto, conhecem a história singular de "Oyfn pripetchik". Esse nome/palavra parece bastante complicado. Mas essa é apenas uma de suas inúmeras grafias tradicionais e marcadas desde priscas eras.

A própria riqueza de nomes mostra a disseminação dessa estimada canção maviosa pelas regiões da Europa em que habitava até a Segunda Guerra Mundial um grande número de judeus, cuja língua era o iídiche.

O compositor da obra musical, Mark Varshavski nasceu na década de 1840. Foi descoberto no final do século 19 pelo literato de língua iídiche Scholem Aleichem, que prefaciou o lançamento em livro, em 1901, de 25 de suas canções, com o título "Yidishe folkslider mit notn" [Canções folclóricas em iídiche com notas musicais]. O livro tornou autor e obra muito populares. As canções de Varshavski trazem motivos da chamada poética popular judaica, abordando com peculiaridade a vida de pessoas simples, das suas alegrias e tristezas, uma arte popular com bastante louvor.

Como se poderia esperar, não somente o título "Oyfn pripetchik" varia, mas também sua letra. Há duas versões principais. Uma tradução livre da chamada versão reduzida, certamente não definitiva e sem a poesia do original, é que eu canto mentalmente no escuro as vezes, como se pondo calços nas minhas lacunas, dentro da possível, ainda, sanidade mental:

Na lareira arde uma pequena chama
E na sala está quente
O Rabino ensina às crianças
O Alef-Beit [alfabeto hebraico]

Estudem bastante e lembrem-se, crianças,
Do que estão aprendendo agora
Repitam outra e mais uma vez
O "A" [Alef] com um sinal embaixo vira "O"!

Estudem com vontade, crianças
É o que eu lhes digo
E aquele que aprender mais rápido
Ganhará um presente

Quando vocês forem mais velhas, crianças
Entenderão que estas letras
Contêm o sofrimento e as lágrimas
Do nosso povo

E quando estiverem exaustas, crianças
E fatigadas pelo exílio
Encontrarão força e consolo
nessas mesmas pequenas letras

....

É natural que também o título da canção tenha recebido diferentes traduções: uma mais literal: "Junto à Lareira"; outra, mais afetuosa: "No Lar"; e uma terceira, que faz referência direta ao conteúdo: "O Alfabeto" (como já revela o título "Alef-Beit"). Pode-se dizer que o texto de "Oyfn pripetchik" sintetiza séculos de história judaica, mostrando a relação simbiótica e sagracial do chamado "povo do livro" com as letras, onde quer que um judeu errante esteja.

O Anexo Secreto

Depósito Secreto de Seres Anônimos e Marcados.

Minha família, mais amigos próximos e íntimos nos refugiamos em um depósito secreto montado disfarçadamente no prédio do escritório do pai.

O nosso chamado Anexo Secreto fica nos fundos do prédio da empresa que era (ou ainda é, não sei...) do papai, aqui em Amsterdã, na Holanda.

Minha família e outras quatro pessoas, todos judeus, aqui vivemos clandestinamente, tentando nos esconder dos nazistas e seus cães farejadores de raça, e bem treinados para dilacerar. Eu e minha irmã mais velha, Margot, temos fases de conversar, mas aqui nem brincamos direito, conversamos pouco, ela as vezes fechada em leque, elazinha, sinto dizer, tem luas...

Tem dias, no entanto, em que elazinha, meio cara de tacho, dispara a falar destrambelhada, desata a puxar papos furados ou sadios, tagarelando sem parar, feito uma matraca, que também maroteando de igual para igual brinco de dizer se a prendermos no guarda-roupa, ela também conversa com os cabides. Mas, paradoxalmente, também tem dias que se esconde como uma pomba ferida...

Aqui registro, em meu diário, o angustiante dia a dia de uma pacífica sobrevivência possível, com certo inominável terror dando nos nervos, nervos à flor da pele de todas as pessoas.

Estamos perto de 19 de Agosto, aniversário de papai.

Tenho quinze anos feitos em 12.06.44 passado, é bom que se registre, um aniversário em brancas nuvens e às duras penas.

Hebreus

O esconderijo do nosso anexo secreto fica num bem montado por assim dizer "sótão" de três alas, uma sobre as outras, no prédio do escritório do papai. Em 9 de julho de 1942 foi o dia em que a nossa família Frank meio na marra se mudou para cá, a sorrelfa, na moita, disfarçados, rabo entre as pernas, e ainda prudentes por termos chances de escapar, dar no pira, sobreviver. . O edifício tem dois andares acima da terra, com escritórios, moinhos e depósito de grãos. Na parte de trás e cá entre nós está o nosso chamado clandestino sótão e bem disfarçado "anexo secreto".

Torcemos para que ninguém suspeite da existência de tantos cômodos por trás de uma camuflada porta cinza e lisa.

Ergueram uma enorme estante de livros velhos para disfarçar, na frente da porta, para tornar o esconderijo um local meio que invisível por fora, externamente, por assim dizer.

A hora de dormir começa sempre com enorme agitação, feito um teatro de acomodamento e de recomposição, quando açodadamente gordas cadeiras são arrastadas em um silêncio possível, as camas embutidas puxadas delicadamente das paredes toscas, os beliches de madeira bruta, os cobertores encardidos desdobrados, travesseiros encardidos, tudo montando o teatro do sono, prenuncio da morte, como diria William Shakespeare que vi num teatro quando éramos ricos e livres e felizes.

Ao beirar do transbordo da noite a sala comum vira o quarto da outra família que mora conosco, os Van Pels, e de Fritz Pfeffer, amigos da família.

Meia hora, gente, meia hora, é o tempo máximo para o parco almoço improvisado, única refeição básica do pilar do dia entrevado, pois é quando os funcionários do armazém estão fora e então rola de podermos fazer um pouquinho de alegre barulho, delicadozinhos como marionetes que enxergam os fios, quando assim e por isso mesmo também respiramos aliviados um pouquinho, ufa, até mesmo bobamente sorrimos disso. Só vendo para crer.

A comida normalmente é baseada em batatas, enlatados e sopas, sucos, biscoitos, laticínios, doces e compotas, e raras vezes chocolates comprados a preço de ouro no mercado negro e que os amigos da família compram e deixam, na surdina, disfarçadamente, pé ante pé, no refúgio, em pré-indicados cantos e disfarçados ermos adjuntos ao nosso espaço de recolhimento.

Capítulo Dois

"To see a world in a grain of sand and heaven in a wild flower// Hold infinity in the palm of your hand and eternity in an hour". William Blake.

....Para ver um mundo em um grão de areia e céu em uma flor selvagem//Segura o infinito na palma da tua mão e a eternidade em uma hora ". William Blake.

Adoro colecionar frases, pensamentos, isso me distrai, me encanta mais do que jogar xadrez ou caçar palavras cruzadas, ou até mesmo brincar de boneca que já perdi o jeito com elas, mal me acomodo com uma, como já disse. Aqui nesse meu Diário Amoroso, dentro do Anexo Secreto, recapitulo e confiro com zelo especial um outro livro que estou escrevendo no muque, e dele arranquei algumas citações minhas, que juntarei aos que ao longo de tempos atrás, de grandes filósofos e pensadores consagrados.

Noite enferma

A única canção dentro da noite, que canta na minha solidão, é o motor da enorme geladeira industrial na ala externa ao lado.

Meu coração acompanha, e meio que dispara seu tambor selvagem dentro do lume neutro.

Mas minha imaginação voa.

E se não estivéssemos aqui, agora?

O motor responde: e como se me retrucando, súbito, para...

O silêncio que se se anuncia e que se segue é um enorme ponto de interrogação gritando no breu.

Minhas Frases Arrancadas de um outro Diário meu

Nunca mais recuarei diante da verdade; pois quanto mais tardamos a dizê-la; mais difícil torna-se aos outros ouvi-la.

Anne Frank

-0-

Distância, um sino de relógio tocava: pureza no coração, pureza no pensamento...

Anne Frank

-0-

Apesar de tudo eu ainda creio na bondade humana.

Anne Frank

-0-

Adormeço com a ideia tola de querer ser diferente do que sou, ou de que não sou como queria ser. E de que faço tudo ao contrário.

Anne Frank

-0-

Viro o meu coração do avesso. O lado mau para fora, o bom para dentro e continuo a procurar um meio para vir a ser aquela que gostava de ser, que era capaz de ser, se sim, se não houvesse mais ninguém no mundo.

Anne Frank

-0-

Enquanto puderes erguer os olhos para o céu, sem medo, saberás que tens o coração puro, e isto significa felicidade.

Anne Frank

-0-

(...) fico tão confusa pela quantidade de coisas que tenho de considerar que não sei se choro, ou se rio, depende do meu humor. Depois durmo com a sensação estranha de que quero ser diferente do que sou, ou de que sou diferente do que quero ser, ou talvez de me comportar diferente do que sou ou do que quero ser.

Anne Frank

-0-

O melhor de tudo é o que penso e sinto, pelo menos posso escrever; senão, me asfixiaria completamente.

Anne Frank

-0-

Quando escrevo, sinto um alívio, a minha dor desaparece, a coragem volta. Mas pergunto-me: escreverei alguma vez alguma coisa de importância? Virei a ser jornalista ou escritora? Espero que sim, espero de todo o meu coração! Ao escrever sei esclarecer tudo, os meus pensamentos, os meus ideais, as minhas fantasias.

Anne Frank

-0-

O papel tem mais paciência do que as pessoas.

Anne Frank

-0-

Saia, vá para o campo, aproveite o sol e tudo o que a natureza tem para oferecer. Saia e tente recapturar a felicidade que há dentro de você; pense na beleza que há em você e em tudo ao seu redor, e seja feliz. A beleza continua a existir mesmo no infortúnio. Se procurá-la, descobrirá cada vez mais felicidade, e recuperará o equilíbrio. Uma pessoa feliz tornará as outras felizes; uma pessoa com coragem e fé nunca morrerá na desgraça.

Anne Frank

-0-

Não é em imaginação que fico mais calma e que me encho de esperança quando olho o céu, as nuvens, a Lua e as estrelas. É um remédio melhor do que a valeriana e o bromo. A natureza torna-me um ser humilde, torna-me capaz de suportar melhor todos os golpes.

Anne Frank

(Para mim, as lembranças são mais importantes do que os vestidos.)

-Assino tudo para cada frase não se perder e alguém se apropriar dela ou acabar de autoria desconhecida. Sou chata nessas coisas.

-0-

Frases soltas

01

"... Os judeus admiram mais o espírito do que o corpo. A escolher entre os dois, eu também colocaria em primeiro lugar a inteligência". (1)

02

"O Messias virá quando não seja mais necessário" (2)

03

"Quanto mais esquecido de si mesmo está quem escuta, tanto mais fundo se grava nele a coisa escutada" (3)

04

"A política trata da convivência entre diferentes. Os homens se organizam politicamente para certas coisas em comum, essenciais num caos absoluto, ou a partir do caos absoluto das diferenças".(4)

05

"Nada lhe posso dar que já não exista em você mesmo. Não posso abrir-lhe outro mundo de imagens, além daquele que há em sua própria alma. Nada lhe posso dar a não ser a oportunidade, o impulso, a chave. Eu o ajudarei a tornar visível o seu próprio mundo, e isso é tudo".

06

"Você não deve viver a vida como outras pessoas esperam que você viva; tem que ser sua escolha, pois quando estiver lutando, você estará sozinho... (Alice no País das Maravilhas)

07

O lobo viverá com o cordeiro, o leopardo se deitará com o bode, o bezerro, o leão e o novilho gordo pastarão juntos; e uma criança os guiará. A vaca se alimentará com o urso, seus filhotes se deitarão juntos, e o leão comerá palha como o boi. A criancinha brincará perto do esconderijo da cobra, a criança colocará a mão no ninho da víbora. Ninguém fará nenhum mal, nem destruirá coisa alguma em todo o meu santo monte, pois a terra se encherá do conhecimento do Senhor como as águas cobrem o mar.

08

A montanha é forte, mas o ferro pode derrubá-la.
O ferro é forte, mas o fogo pode derretê-lo.
O fogo é forte, mas a água pode apagá-lo.
A água é forte, mas a nuvem pode levá-la.
As nuvens são fortes, mas o vento as arrasta.
O vento é forte, mas o corpo humano resiste.
O corpo humano é forte, mas o medo pode fazê-lo tremer.
O medo é forte mas o vinho expulsa-o.
O vinho é forte, mas o sono vence-o.
A morte é mais forte que todas estas coisas.
Mas o amor vence a morte e nos liberta dela.

09

Pelo jeito quem inventou a pólvora, quis ver o circo pegar fogo

....

Autores:
(1) - Sigmund Freud
(2) - Frans Kafka
(3) - Walter Benjamin
(4) - Hanna Arendt
(5) - Hermann Hesse
(6) - Lewis Carroll
(7) - Profeta Isaías
(8) - Rabino Judá
(9) - Pichado num muro em Berlim

Nota da autora no Diário ao final das anotações, no pé da página:

PS: Desculpem, na correria, perdi os autores. Relevem.

Anne Frank, euzinha -

Ainda que angustiosa, sofrida, nebulosa e pra baixo, com baixa estima – e pra dentro de um anexo secreto que as vezes parece que o carrego comigo no lombo - tenho muita fé de que essa maldita guerra besta acabe logo, acabe um dia, sem vencedores e sem vencidos, e que a bendita paz volte a reinar no planeta inteiro, e que a Europa toda seja reerguida das cinzas com justiça e com renovada civilização saudável, e que possamos então e finalmente voltarmos à realidade pacífica e saradinha de antes do fascismo e do nazismo. Que ninguém se perca de si, que nenhuma viva alma se perca pelo caminho escolhido em laços de ternura, com os seguros familiares todos normalmente reunidos em festanças datadas, todos em polvorosa, alvissareiros e em paz sadia. A pobre e sofrida mãe neurastênica com isso tudo se tratando, e eu aqui com meus diários de treino para a sobrevivência possível possa continuar com todos os meus estudos, possa terminar pesquisas e leituras, possa aprender outras línguas que sei poucas e só o básico; eu aqui sonhando com cursos de leitura, de letras, de literatura, de jornalismo, e também possa ainda curtir clubes e danças, praças e mercados, ruas e avenidas, bailes e shows, estações de trens e saraus, museus e piqueniques, tudo isso assim mesmo, tudo junto e maravilhosamente redentor do meu alumbrado e atiçado jeito meio mágico de ser, de alma pura e cristalina aberta para a vida, para o mundo, para as graças da vida e do amor, assim, assado.

Ah, ainda queremos; havemos de sonhar, o monstro Adolf Hitler e seus asseclas ordinários presos, julgados, sentenciados, enforcados, fuzilados, desterrados.

Só o meu amor, loucura secreta... impossível (impossível?) paixão secreta, meu jovem rapaz - de codinome LEITMOTIV - que por ele mesmo não deve ter nada a dever, nada a pagar, nenhuma culpa ou pecado, e deverá assim voltar para seu local de origem, talvez a Alemanha a ser reconstruída, ou de onde se tenha saído assim espigão e garboso, e eu então enviarei à ele esse meu projeto de diário encardido em mal traçadas linhas e páginas com suor e cheiro de minha mão direita, de minha pele alva como a neve, de meu dia-a-dia entrevada, mas, talvez até mesmo o reescreva datilografado e melhorzinho, para ver qual a reação juvenil dele, qual será seu o seu possível retorno nesse sentido, a sua intenção, o seu desejo, o seu julgamento, se houver, e eu sacar então afinal que apito elezinho toca, que minhocas terá na cabecinha de ouro a meu respeito, e também, é claro, se eu poderei perdoá-lo – essa é a parte pior, que me dói, dói muito – já que pouco ou quase nada realmente sei dele e do clã possivelmente ariano dele, e assim, de algum modo e acima e sobre todas as coisas, possamos criar um elo, uma amizade sadia, talvez até mesmo pinte - sonhar pode? - quem sabe, quem sabe (quem dera) um emergente romancezinho terminal e imediato, tipo Romeu e Julieta, de Shakespeare, que adoro e que muito cedo li e ainda releio, mas, assim mesmo que seja, uma relação que pode ter começado mal, se é que que começou, mas que pelo menos não tenha o terrível final com mortes do romance clássico, venenos, mentiras, mas com começo, ou recomeço que seja; recomeço, meio e final feliz, para então assim e por isso mesmo, sonharmos um par romântico, um final grandioso, que é o que vale a longa estrada da vida. Vida?

Eu estou ficando doidinha, ou coisa assim?

Angústias

Angústia, trago e tenho, sinto, caio em mim, registro e pontuo.

Dialogo com esse "mim": ou meu Eu interior... perplexo, enfermo... corroendo... dilacerando as vezes...

Li (tentando identificar causa e dor e sequela): Angústia vem do latim "angere", do grego "angor". E tem como entendimento "angustus", tipo algo apertado, sem ar, sem saída, que oprime, causa tristeza, dor, constrangimento, opressão íntima, falta de paz, frio na barriga vazia, cabeça a mil, tensão de medo, um enorme e terrível bolo amargo na garganta, sufocando.

O ego é o albergue da angústia?

Não posso me perder...

Não agora. Não para mim mesmo.

Metamorfose

Li uns livros do acervo enxuto do pai.

Crime e castigo (1). Os sete pilares da sabedoria (2). Versos ingleses de Fernando Pessoa (3). O reino de Deus está em vós (4|).

Um deles me arrepiou, fiquei com medo de virar uma barata também no nosso anexo secreto, que aqui tem um monte delas, baratas tontas, as pencas, e estão cada vez mais graúdas.

Anotei um trecho de um livro do Frans Kafka:

"Muitos se queixam de que as palavras dos sábios sejam sempre alegorias, porém inaplicáveis na vida diária, e isto é o único que possuímos. Quando o sábio diz: "Anda para ali", não quer dizer que alguém deva passar para o outro lado, o que sempre seria possível se a meta do caminho assim o justificasse, porém que se refere a um local legendário, algo que nos é desconhecido, que tampouco pode ser precisado por ele com maior exatidão e que, portanto, de nada pode servir-nos aqui. Em realidade, todas essas alegorias apenas querem significar que o inexequível é inexequível, o que já sabíamos.

Mas aquilo em que cotidianamente gastamos as nossas energias, são outras coisas. A este propósito disse alguém: "Por que vos defendeis? Se obedecêsseis às alegorias, vós mesmos vos teríeis convertido em tais, com o que vos teríeis libertado da fadiga diária." Outro disse: "Aposto que isso é também uma alegoria." Disse o primeiro: "Ganhaste". Disse o segundo: "Mas por infelicidade, apenas naquilo sobre alegoria". O primeiro disse: "Em verdade, não; no que disseste da alegoria perdeste."

(Frans Kafka)

Barriga de Baleia de Madeira e Cimento Armado

Chamo isso aqui e agora, hoje que estou escrevendo feito um inseto-lápis num papel kraft grosso e de muito usado já bem gasto, e assim nomino o nosso protetor anexo subalterno e dito sótão, um espaço meio bisonte, meio pagode, meio labirinto, e assim eu o rotulo de barriga de baleia quadrada de Jonas, embora também seja uma espécie de arca de Noé moderna, pirâmide manca, meio quadrada, meio torta, camuflada, e onde pouco se pode fazer dentro, se não apenas e continuadamente esperar, esperar... assistir-se definhando como um bule de porcelana negra que se esvazia, ou tendo sonhos imaginários de liberdade e de loucuras presas, e que pouco se possa fazer mesmo, malemal sustentando nossa esperança como um andaime e nossa fé de expectativa paradoxal de morte – de sermos descobertos – de paz – se tudo acabar bem – e quando oramos de mãos dadas, mãos novas e longos braços velhos trêmulos, com calos ou com manchas de insetos, ou da idade, somos uma espécie interna e secreta de corrente de fé sob tijolos, caibros, arames, andaimes, ferros, aços, cunhas, tramelas, cadeados, e também nossa alma de aço tentando desesperadamente suportar tudo, segurar o peso da arapuca da vida merreca daqui, e eu, menininha aqui, sem graça e sem espaço, sem lua, sem estrelas bailarinas e sem árvores, sem esquilos, sem cotovias e nuvens, sem bastante ar puro ampliado, de novo e de novo e de novo, tento; tenho que fugir, tento, na imaginação, acelerar uma bicicleta de pensamentos, fugir com a cabeça aos quatro ventos dentro dela, fugir dessa bolha, dessa gaiola, tendo que, na marra, me adultizar em silêncio de cedro, no laboratório de paredes úmidas, escapulir de amarras desse pegajoso silêncio sobrevivencial, e em silêncio como uma lesma lerda compreender, compensar, prosseguir atenta e forte, lendo silêncios, sacando movimentos, captando perigosos e avisadores sentidos ocultos, e dos olhos fundos dessas pessoas que habitam essa espécie de nau pirata, de todas elas esperar um pouco de parceria e compreensão, esperar migalhas de afeto, casquinha de pão ázimo pintado de energia, como se todos fossem latas de conservas que, abertas, têm que me dar o alimento delas, mais velhas, mais experientes e viajadas, como uma esperança fértil de lutar para superar tudo isso.

Pensa que á fácil, pai? Pensa que á fácil, mãe?

Levei um pito, depois de um baita chiu pelos rabiscos chiando ríspidos nas paredes nuas no meio do breu sósia.

Eu sempre escreveria nas paredes, se pudesse e se não tivessem esse tom de escárnio. Como escrevo em pedaços de caixas de sapatos, nas redondas caixas de chapéu de feltro do papai, como escrevo na minha mente, no meu coração, na minha alma... nos muros invisíveis e nas paredes transtornadas da minha alma...

E as pintaria de palavras... palavras... palavras... eu escreveria por horas e horas... por milênios a fio, escreveria para não sofrer, para não morrer cedo, para não morrer nunca.

Tem cabimento isso? Adoro persistir

Será o impossível? Adoro perquirir.

Hora de dormir de conchinha com o vazio. E sonhar com borboletas coloridas, muito além da longa estrada de fogueiras da cor de laranja, torcendo para não virar uma barata, uma lagartixa albina, nem me transformar num mero criado-mudo aqui...

Medo

No nosso cativeiro arranjado, convivemos com o medo todo dia. Não haverá resgaste.

É medo de tudo, vocês não vão acreditar se eu contar. Franjas de sombras no medo...

Mas hoje tenho quer tocar melhor meu diário sério, o número um, não este aqui de amor, de brincadeirinhas, de sonhos, de príncipes sem castelos, de moinhos sem ventos...

A Margot caçoa quando me vê escrevendo nele. Faz pouco. Ela é a certinha... a "Joãozinho do passo certo".

Ela também tem o diário dela. Mas tem meio que escondido, receosa...

Mas o dela é chique. Ela é sabida.

Eu sou a detravessada, a espoleta.

O pai

O pai, nosso patriarca a quem carinhosamente desde pequeninas chamamos de PIM, é muito maior do que nós todos, troncudo, resoluto e providencial, pau para toda obra, firme e forte, como uma árvore-mãe, ou árvore-pai, melhor dizendo, e que anda rude, pesado, feição angustiosa, cenho fechado, mas, paradoxalmente ao mesmo tempo com gestos seguros e protetores, ele é meu ídolo e mestre, uma fortaleza física e espiritual, como uma espécie de aproveitável e improvisada e circunstancial otimizada boa caixa de pandora, e quando menos se espera, de súbito intui, capta, cola, pensa, reina cisma, dirige, afrouxa, cede, empaca, solta, avança, toma sentido, age – puxei ele nisso? – planeja, frio como um serrote na madeira bruta comendo o riscado da marca do corte pretendido no cedro, frio como uma ótica apuradíssima em sua mania de lidar com máquinas de fotografar, registrar, e assim intui e antevê, como uma águia sobre todas as pequeninas coisas básicas, essenciais e prudentes, desenha soluções, expressa pouco e sereno o básico e alertador, motivador, conciliador, sempre seguro de si, explanador, como um guia em meio à tempestade de areia em solo seco e pedrento, quando pensador descobre soluções para o que nem existe ou que se não nos veio ainda, assim ele é, assim o adoro, querendo, pobre meu pai, pobre meu velho, querendo tapar o inferno com peneira...

Eu o amo também por isso...

Escrever-me assim feito uma louca, uma fuga, um desabafo, também é querer segurar granizo com uma bateia?

Já não basta o sol lá fora, que não nos clareia rumo, trilha, vazão, vereda... coragem...

Leio Rilke:

"Que farás, meu Deus, quando eu morrer?
Sou tua água (e se me corromper?)
Sou a argila de teu cântaro (e se quebrar-me?)
Sou tua roupagem, teu ofício
E sem mim perderás o teu sentido.
Sem mim, perderás tua morada
Onde palavras cálidas te exaltam,
De teus pés cansados cairei
Como branda sandália desatada
Teu grande manto se desfaz,
Teu olhar que aquece minha face
Virá ao meu encontro longamente
E entre rochas
Partirá com o crepúsculo.
Que farás, meu Deus? Eu tenho medo.

(Poema de Rainer Maria Rilke que as vezes temerosa eu leio, com medo, muito medo, um medo estranho, mas quase táctil, um medo ainda sem nome crível, nominável, e que mesmo assim me faz suar, e cheira...)

Leitmotiv

Leitmotiv porque recorrente, repetidor, meio coincidentemente metódico até; apitos de trens, gritos aloprados de insurgentes de guetos, salva de tiros, carros blindados, horários coincidentes de ir e vir, em grupo, sozinho, em barcos pelos canais da cidade, ou em comboios, e assim sei-o, sondo, capto, vejo, minha secreta paixão impossível, sinto-o, quando o descubro, sem mais querer e sem ao menos acreditar, lá vem ele, vindo garboso, bonito, alinhado, aqui e ali com alguma segurança bem disfarçada, acredito, sem dúvida, ou, como eu, meio peralta também foge, sai disfarçado sem avisar o quartel, para vagamundear, para andar a bel-prazer (temos isso em comum?); seu patriarca deve ser de alta patente do comando militar alemão, talvez até com laços na terrível GESTAPO...

Ele não sabe que existo, uma fã e admiradora secreta, com todos os riscos... Ele, uma espécie de meu ídolo, como uma válvula de escape para me atiçar os ânimos, me manter pensado nele como uma tábua de salvação, uma boia, e assim também como um leitmotiv para me manter viva...

Aqui

Aqui, bem ou mal, numa espécie de ninho secreto e improvisado com afinco e esmero de quem tem as sábias providências de Deus nas mãos, meu pai, meu mestre, somos todos uma família de pássaros entocados numa espécie de quarto de despejo, numa gaiola, numa despensa de seres, como reses num quarto-cocho, sala-cela, cozinha-espelunca, ou talvez, mas só talvez, numa espécie assim, exagerando, de improvisado Gheninzah... que o Deus criador do céu e da terra me perdoe, se for pecado a alusão, a ilação, ou coisa assim, mas saquei isso assim, agora, pois li/vi a palavra abençoada e sagrada e adorei; anotei num pedaço de folha de papel de caixa de chocolate com marzipã, e palavra sagrada que quer dizer:

- *Guenizah (depósito de livros) ou armazenamento/armazenagem/. Genizah ou geniza; Hebraico: גניזה "armazenamento". Genizot ou genizoth é uma sala de armazenagem ou depósito em uma sinagoga ou em uma caverna, gruta ou tumba; usada para livros em hebraico e artigos sobre temas religiosos que foram armazenados e que pudessem receber um sepultamento adequado, sendo proibido jogar fora escritos contendo o nome de Deus, cartas pessoais e até mesmo contratos legais com a invocação de Deus.*

Que Deus tenha piedade de mim, de nós, do seu povo escolhido, da terra todinha, sua obra e criação.

....

....

Eu escrevo como se restos de folhas de rostos enuviados, como poderia escrever com as tintas de minha alma partisan nas paredes aqui e ali mal caiadas de creme claro, no chão improvisado de pedras ameladas, no teto de gesso cor de burro quando foge, nas placas azuis do céu, nas escoras cor de chumbo da alma, nos degraus com restos de comida das casas adjacentes, algumas gêmeas; nos verdes quintais dos descaminhos, nas garbosas trilhas de animais soltos, nos muros pichados contra nós, os hebreus, nas tábuas de carne do meu pobre íntimo vergado... nas canoas de sal...nos portos de angústia e solidão, nas trincheiras da legalidade tão sonhada nesses tempos tenebrosos...

O pior mesmo é que, as vezes sou advertida e criticada como uma doidinha por querer brincar de cabra cega em campos minados, querer brincar de pular carniça, brincar de stop ou de amarelinha, feito um calço em subterrâneos que não se equilibram no meu entender puro e besta, e assim como se sou caçada imperiosamente e na marra a ficar quieta, a sossegar o facho, a silenciar como uma fruteira de vidro bisotê, a permanecer precariamente em mim como uma rosa morta, a deixar de fugir para brincar com meus bobos sonhos pueris lá fora, em que ninguém é de ninguém, em que o circo-horror-show pega fogo, e então sou a levada, pronta e escolhida para puxões de orelhas e pitos sisudos, broncas, só por simplesmente querer vazar minha alma enferma aqui, entocada como um grão de mostarda já infértil, nessa minha desterrada e escondida infância e em primeiros passos de adolescente e jovem, e tendo que aceitar ser meio atrofiada palerma aqui, como numa coifa, sem eira e nem beira, como uma doença braba, um castigo, e assim de alguma forma me sinto ultrajada.

Serei uma jornalista? Serei uma escritora da pá virada e da pá varrida? Ou atriz. Treino aqui desesperadamente, nesses precários espaços adjacentes do sótão, nesses meus parcos mecanismos pueris de defesa imaginada que seja, treino desesperadamente a cor púrpura de minha dor, semente de mostarda atrevida em lavoura arcaica e atiçada a romper para germinar, e assim e por isso mesmo, uma menina que lê tudo, até o que não devia, lê, vê, sente, capta, cisma, pira, intui, reina, sonda, querendo um sonho doce de paz eterna.

Meu mundo não é esse mundo?

Caça e Caçador

A caça que muito bem se esconde, não pode titubear e esquecer que ainda é caça.

E uma doidinha, que espera seu príncipe encantado - a sua outra metade da laranja? - despertar de um pesadelo profundo, e que só o sabe num sonho, não pode ser uma eterna Penélope a esperar... esperar... ou esperar crescer as tranças... ou dar pinta, ou demonstrar na cara e a céu aberto, que o adora e assim bobona ser predada dentro desse mesmo sonho-pesadelo-espetáculo-drama...

Lugar de mim

Desço do lugar obscuro em que estou, de resguardo, do limitado espaço-lugar em que me resto escondida, em que vou durando, em que mal e parcamente existo como uns brócolis já ganhando visco verde de limo e falta de sol, lugar em que vegeto, em que mal e bisonhamente sobrevivo em essência e em instinto, como se um velho bode preso, mas turrão e obstinado ruminando ideias de jerico, cismando torpes amarras, rotas cordas, e o próprio absinto íntimo, como um cálice transbordando.

Saio-me de mim. Fujo. Dou no pira.

Desço detravessada e entre apertos do secreto anexo privativo e superior, do lugar todo bem bolado às pressas e ao ruflar dos tambores de guerra, espaço mais ou menos arejado, pego uma espécie de atalho de escape como válvula de saída de emergência num flanco, num caibro gordo me pouso, piso segura, dou num já precário tubo de ventilação improvisado como último recurso mal sustentado e mal se cabendo em si, e mal me cabendo em mim saio ao lado de um canal de vazão de chuva e de nevasca, e dali ganho o beiço frágil de uma beirada rente de onde saco que para entrar por ali é impossível, difícil, mas, pra sair, grosso modo e numa precisão é bem uma benção, dando para se pular meio arisca perto de quatro metros de altura, caindo serelepe – e livre e leve e solta – num bom espaço verdejante de gramado limpo, adjacente a um mixuruca córrego desdentado, um dos tantos que desemboca em tantos dos canais pomposos da cidade, cinquenta metros mais ou menos, depois escombros antigos de um prédio que desabou e a prefeitura de Amsterdã ficou de arrumar mas não tem verbas nesses tempos bicudos de invasão, defesa, conflitos e guerra, acomodação mal sustentada; começaram a reformar, desviaram recursos, pararam a obra, então, por ali escapo furtivamente, e saco que está a redondeza toda cheia de escombros e de entulhos mal cuidados da obra, entre restos de reformas, ferros, areias sujas, fétidas, pedras com limo entre baratas cascudas e ratos do tamanho de coelhos, e alguns domésticos lixos ordinários nas imediações abandonadas a deus-dará.

Saindo a esquerda, me limpando a tapas rápidos, me arrumando as pressas, e não querendo dar muito na cara e nem dar na vista, disfarçando intenções, subo uma mureta já meio destroncada, anexa a um baita prédio abandonado de pedras brutas que dá para a rua, que é de onde surjo eu, vestindo toscas roupas usadas e fora de moda de uma senhora idosa que está escondida conosco, mais uma touca azul-chumbo-sardinha dela, disfarçando minha tez quase abóbora e carente de sol, sapatos puídos, apertados até para as minhas joanetes, e saio a campear com medo mas atiçada curiosidade ferrenha, sacando as redondezas, as quadradezas, evitando lugar de muita gente especula ou de gente parva e curiosa nesses tempos tenebrosos, todos odiando todos, delatando impropriedades, assim evito áreas públicas de comandos militares, ou filas de alimentos ou de senhas bem concorridas, evito lugares que tenham vidros e espelhos – tenho traumas de vidros e espelhos – e assim meio abobada pra disfarçar olho perigos ou sondo interpelação acintosa, vago alhures como um cachorra vadia e piolhenta, disfarçando botes e intenções, até me embocar numa pracinha mixuruca e mal cuidada, defronte ao enorme e concorrido quartel portentoso ao lado de um canal, local de onde saem batalhões inteiros, guardinhas imberbes, vigilantes feiçudos, serviçais encardidos com óleo e lama e pólvora, presos algemados, autoridades, políticos, corruptos nazistas, alemães e holandeses, de onde, de uma fétida subterrânea garagem enorme emergem também afoitos e truculentos tanques, caminhões, partes de aviões, entre guaritas desmontáveis, bombas, peças de tratores e guindastes, gente da Gestapo e mesmo da SS, a terrível horda nazista de animais de farda com patentes.

Com os olhos precavidos e cisma de animal ferido, com um medo que me cheira e me dói, mas não pode me identificar ou delatar, nem me ferrar como perigosa ou judia, e com cara de paisagem e me fingindo de poste pequeno fico a sondar, procurando o filho do tenente ou do coronel, não captei bem ainda, o aqui rotulado Leitmotiv, meu camarada, meu Romeu.

Sento num banco redondo de ferro, madeira e cimento da praça entregue as moscas, finjo que leio um livro de Johann Wolfgang von Goethe

– ("*O nosso único passe de mágica consiste no facto de prescindirmos da nossa existência para podermos existir*"; anotei caprichando num velho caderninho de recados da escola essa frase ditosa dele) - e assunto criteriosamente o local todo que assisto, cismo, penso, para ver antes e sacar eventual perigo, e, claro, para não correr risco, que se eu bobear e morrer o meu pai me mata.

Volta e meia me levanto e ando como uma aleijada lenta, vou e volto, as vezes numa dessas minhas idas de procuras de remanso para nutrir um sonho, e coincide de ele estar por ali, por aqui, por perto, nas imediações, ou de descer espigadão do prédio, como se atendesse a um chamado silencioso do meu ser, e então o meu coração de melão desencarrilha um trem; vejo-o chegar, as vezes humilde, as vezes bem-apessoado ou garboso, as vezes desfilando para si mesmo, e eu no andaime de um sonho perigoso.

Magro, a minha altura, branquelo, cabelo escovinha da cor de trigo maduro de um lado, e de um lado meio da cor de cevada, nariz de passarinho, pequeninos e quadrados lábios de manteiga, olhos da cor do céu de setembro de Amsterdã, braços longos e esguios, largados, pés grandes para o seu tamanho em sapatos de couro marrom, capote bem cortado, parece ser estudante fanático e reco se preparando para seguir carreira militar, talvez sob pressão do pai austero e mandão, e assim continuar o clã, servis ao sistema, que seja. Penso muito. Imagino. Exagero? Fico constrangida com tantas pensagens...

Tenho que pensar nisso, me preparar para isso. Conviver com isso? O céu pode esperar?

Saberei ter o dom de convencimento para tirar-lhe as esporas, e botá-lo no caminho da paz sem fronteiras, sem exércitos, sem bandeiras, sem destruição da vida humana e do coração selvagem da natureza-mãe?

Ah minha paixão impossível...

Amiguinha

Esse meu diário-delírio, surtado ou frutado, não posso confidenciar com você, minha amiga imaginária, Kitty.

Perdoe,
roo as unhas,
roa as suas também...
Aqui só ratos e baratas reinam.
Lá fora monstros reinam.
Aqui todos dormem.
Nem sempre se lê lágrimas no lume neutro, amiga.

Lá fora faz um frio de lascar.
Aqui, tédio, beijo paredes.

A morte

A morte,
é uma ascensorista bailarina
Que foge do seu elevador,
clandestina
e na encruzilhada da esquina
Nos espera tomando gasolina
E tocando jazz num velho pistom com surdina.

-0-

(Poeminho bem água-com-açúcar feito à luz de vela, num guardanapo usado e todo sujo de batom que deve ser da Margot, a vaidosa e implicante)

....Espero sinceramente que tudo isso acabe, que essa guerra maldita sem pé nem cabeça termine logo, que haja recuperação e reconstrução de tudo, e todos por todos, e que tudo isso bem resolvido, muito antes dele meu Leitmotiv ter que servir, ser convocado, chegar seu tempo de alistar-se, coisa assim, mas em novos tempos de paz...

Se ele um dia por acaso e inevitável coincidência de circunstancia e destino, me encarar nem que seja de supetão ou de estranha passagem, de travessia, de vereda e de soslaio, vou ter um troço.

Vou cair de madura.

Ele me socorrerá, ou chamará a guarda para me identificar, me fichar, acabar com minha vida assim tão cedo? Às vezes sou meio cagona.

Mas ele não vai saber – nem pode saber por ora? – que eu existo.

Melhor assim. Pensei em lhe escrever uma clandestina carta de amor. Mas cartas de amor são ridículas, cantou o poeta luso Fernando Pessoa, que li não sei em que lugar e como ou porque, em seus versos em inglês, e adorei o feitio de suas escritas desparafusadas, mas gostosas como cuque de nozes e mel.

Todas as cartas de amor de Fernando Pessoa - Álvaro de Campos, um de seus heterônimos:

"Todas as cartas de amor são ridículas. Não seriam cartas de amor se não fossem ridículas. / Também escrevi em meu tempo cartas de amor, como as outras, ridículas. / As cartas de amor, se há amor, têm de ser ridículas. / Mas, afinal, só as criaturas que nunca escreveram cartas de amor é que são ridículas. / Quem me dera no tempo em que escrevia sem dar por isso cartas de amor ridículas. / A verdade é que hoje as minhas memórias dessas cartas de amor é que são ridículas. / (Todas as palavras esdrúxulas, como os sentimentos esdrúxulos, são naturalmente ridículas).

....

Adorei esse poema em prosa, adotei-o e o anotei num caderno da escola.

Ainda ferida de alguma maneira nesse confinamento – feridos venceremos? - me reconcilio com a natureza exuberante no entorno, algumas casas belas, outras suntuosas aqui e ali, alguns telhados viçosos, nesses poucos momentos em que estou sob ela, a natureza-mãe, dentro dela, parte dela, feito esporo, pólen, fluído; feito árvore-bípede, poste disfarçado de gentehumana, girafa invisível, numa paz saudável aqui e agora, só isso, tão pouco, mas fortuita, com ramas de emoção, galhos de videiras, pencas de esperanças, olhares chispando vestígios de ausências, movimentos, deslocações, tudo num apurado instinto de quem está marcada para viver...

Viver, eu disse?

Sou pássaro-flor querendo e merecendo ser cuidada para não se desintegrar...

Eis-me isso, qualquer coisa que seja isso, agora...

nesses tempos...

Tempos tenebrosos.

E eu aqui, pobre criança mocinha, e jovem precoce e sapeca, vendo de vereda passar tranquilamente o meu príncipe encantado feito um gato de botas, um mosqueteiro imaginável, e eu presa num castelo de areia ventosa de ilusão – são tantas as doces ilusões – sem poder chamá-lo, dizer oi, olá, oi meu bem, tiau meu querido, minha alma gêmea, meu namoradinho, meu isso, meu aquilo, nem posso iludir-me ou atrever-me de ser louca varrida e bulir com ele, (e eu sou meio louquinha) de sonhar beijar suas mãos, de atiçar sua chama de humano e de varão, ah, sem nem mesmo poder deixar crescer as tranças, com meu cortado e mal cuidado cabelo de franjas crespas tipo pega-rapaz, sem nem poder, pobre de mim, jogada pras traças; poder ter essas sonhadas tranças compridas de musa, de heroína, de cavaleira amazonas, de romance de capa e espada, para assim e como num sonho grande poder jogá-las para fora de minha prisão aqui invisível, e assim facultar à minha secreta paixão impossível me descobrir, jogar meu charme; ah e esse cavaleiro, me acudir como a um elmo, um elo, um estandarte, um brasão, e assim poderoso e viril ele generoso vir então e finalmente me salvar, dizer sim ao meu sim, e não ao meu não de tantas agruras,

tantas doenças,
dores,
perdições,
combates,
guerras...
acontecências...

(Hoje estou carente.)

Sou uma pobre sonhadora?

Mas não posso cair e me entregar, ser tola.

A vida dos que amo dependem de mim.

Caio em mim... Dói, mas caio.

Restos de sonhos como suspiros de açúcar queimado.

Ele suspirou, notei, pobrezinho, parece solitário como uma ema num campo seco, acho que até resmungou um inquerer interior, desvario, mesmice, achismo ou rotina de tédio qualquer, se coçou talvez numa cicatriz imaginária feito por esse meu atrevido sonhar que seu espírito puro de criança captou no íntimo, como um toque inelegível e indizível, inominável, insabido, depois passos elegantes entrou numa casa suntuosa como um palacete que é anexa ao enorme e posudo quartel.

Levantei-me.

Tinha-o por pouco. Tive-o?

Tivera-o nas mãos dos meus prudentes olhares maviosos.

Preciso voltar, avisa-me a frigideira do vento, o tempo, um sino – a torre de uma catedral é do outro lado de nosso esconderijo – aves e gatos ao longe, picumãs, mocas verdes e aranhas perto, tudo como se um alerta, um aviso, um sinal do espírito santo de Deus.

Não posso ser sequer dada como existida, não assim, não agora, não por mim, muito menos e quem diria parada, reconhecida; já pensou, presa? Seria o fim do mundo.

Já tenho meu próprio anexo secreto e de prisão quase epidérmica e como um bunker do bem para me salvar deles e de mim.

Tenho que saber lidar com minha coragem-medo, ou meu medo-documento instintal de clã, de meio e de povo marcado.

Não sou nem reconhecida como gente, como posso querer ser agregada a isso que eles chamam de humanos?

Sou um poste que anda.

E que ama por mim e por ele.

Mas não posso expressar luz, nem a ministrar, nem ter papos com as palavras que cavo pois não cabem em mim. Eventual registro de resíduo de sotaque pode me entregar...

Sou um peixe fora de um mar bravio em tempestade, em tormenta.

Há um Deus.

Sebo nas canelas que logo vai soar o toque de recolher, e não quero ser o Pequeno Príncipe no país do coelho de Alice e suas maravilhas...

Disparates noturnos – Vírgulas como arames descascados

(Leio mentes no escuro, feito pensaventos)

Talvez o pior medo seja o de sobrevivermos com o que de nós mesmos mal nos restarmos, de quase qualquer coisa alguma que seja, ou não seja, de algum outro lado humano em nós.

-0-

Esgoto horizontes quando escrevo. As palavras me abrumam.

-0-

Na morte estão todas as respostas.

-0-

Sou uma passageira clandestina numa Estação Tempestade qualquer, mas, escrevendo desesperadamente e sem parar as vezes sinto que enloucresço e assim de mim vou deixando rastros. Escrever me faz um monstro; escrever para mim é uma doença?

-0-

Muitas coisas morrem em nós, antes de definitivamente também por fim morarmos em nós

-0-

Tudo me ensina/Aprender dói mais do que a gente imagina/Mas quero evoluir/Para nunca mais fazer parte dessa triste ruína/De existir

-0-

Na próxima vida vou estudar mais filosofia do que Amor/A utopia dói menos do que a realidade.

Alma Nau

O eterno aprendizado da dor... tento ajudar uns e outros, na medida do possível... tento aprender com todos, culpas e sinas... e me imagino a crescer com esse aprendizado... Ah a cabeça da menina-mulher sensível... ah, cada cabeça feminina é um planeta, uma sentença, uma trincheira ético-humanitária, disse-me um professor de lógica... mas, ah a alma humana; cada inferno pessoal pode ser uma constelação a deriva... me preocupo muito com o verbo conviver e o verbo existencializar que aloprada criei aqui rabugenta e azeda, até mesmo feito uma palavra inexistente para dar título e rótulo ao meu paulatino padecer telúrico de cada dia feito uma Alice despencando num buraco... por isso tenho tendência a atentar a todos os que amo, as vezes falo abobrinhas - para tentar ser compreensível no humano... por isso gosto de pessoas fortes, loucas, decididas, que encaram o foguete da barra pesada de viver...

E atento, atiço, procuro, busco, provoco...

Viver?

Bem, quem sabe um dia,

quem sabe em algum lugar muito longe daqui e muito distante dos humanos,

talvez haja um pouco disso de

VIVER MESMO

Partir

O dia de se preparar para partir, pode, afinal, ser tarde demais para continuar vivo.

De onde me saiu essa?

Ando abatida.

Hormônios?

Anexo

Cada vez que adentro ao anexo secreto, o que é a mesma coisa e rotina chata de todo santo dia, anexo tão bem bolado e até agora muito bem camuflado por meu pai e amigos, é como se eu cavasse mais um pouco e à prestação o poço fundo de nós mesmos, como um "dia-pá-de-cal" no esconderijo vital que me nutre e viça o meu medo instintivo.

Assim, paradoxalmente até que seja, também cada dia que saio, que consigo escapulir, vadiar fora do anexo secreto, não com a pulga atrás da orelha, mas com um elefante albino atrás da orelha, é como se eu me fosse purgar, me fermentar, experimentar viço nutriente, vitamina seminal, zelo íntimo querendo verniz de denodo, batom de vaidade, rímel de afeto humano, pó-de-arroz de afeto, por estar viva e precisar respirar luz.

Mas não é fácil.
O que eu sei da vida,
da guerra,
dos lobos e dos homens,
do futuro e das armas?

Um dia tudo isso aqui será céu?

Rotina

Quase todo dia, ou, dia sim, dia não, para variar, escapo, fujo, vago, ideias na moleira, rondo pelas alamedas mais desertas, não as avenidas e ruas concorridas; perto dos canais (alguns bloqueados) ouve-se tiros, gritos, fogos, uma banda marcial tocando um hino nazista (*), mas eu não tomo barcos, ou táxi, ou ônibus, nem trens, vago pelos cantos paralelos, concorridos assim – ladrões, judeus disfarçando intenções, ciganos, débeis mentais, crianças pálidas procurando o que comer, o que furtar, o que salvar a pele, mais aleijados de guerra, vendedores improvisados da leva do mercado negro – ou subo nos tamancos e saio por escadas acima e afora, e de cima de prédios, sempre disfarçada ou escondida nos ermos dos andaimes, vou sondar meu Leitmotiv, desde lá dos altos telhados entre chaminés e torres de zeladores, pulando cercas de arame farpado, pulando muros de arrimo e muretas de contenções de águas de chuvas, improvisando situações de riscos, fugindo de cães raivosos, de abelhas ferinas, de ratos sujos, de olhos delatores, e lá de longe vago, depois perto ou meio que aproximando com cautela extrema e ponderada, vejo a rotina do quartel e suas guaritas, as casernas, os retiros, os almoxarifados, o paiol de armas, sondando assim também a casa de minha paixão secreta, e com o passar do tempo as vezes quedo e durmo, sonho, romântica, tiro uma soneca, cansaço, inspiração, deszelo, fico despachada, e sem segurança ocasional, perco o controle, latidos atiçados e rudes me acordam assustada, sirenes, paraquedistas preparando golpes em treinos altos, alertas, explosões, trincheiras, treinos bélicos perto, e então me encolho como um tomate seco num envelope, e quando vejo, caio em mim, vejo que passei da hora de me recolher, o risco impera, tenho que maturar saída...

Uma vez amarrei uma corda num cano e me joguei até a grama da beira da saída do meu cafofo familiar de improviso e ocasião, mas, Deus meu, como subir quatro metros?...

Eu tinha que me virar... quem mandou ser saidinha... destrambelhada...

Um passante e oportuno mendigo de rua me viu, eu o conhecia de antigas coletas e fugas de rapas, e me colocando nos ombros largos e altos dele, me fez, com a corda amarrada lá em cima, balançar, e num volteio meio galope perigoso no ar, adentrar a uma grade, depois uma escora que vergou, tenteou mas não quebrou e nem me quebrou, nem cedeu, nem me despachou para a morte, ele disse isso, preocupado, depois me acenando um abrupto tiau seco – parece surdo, mudo e ferido de guerra que não é sua e nem nossa – e eu então aos trancos e barrancos, engatinhando, me encolhendo, voltei para o mesmo buraco, a mesma toca, até abrir a tábua externa e entrar assustada e o coração disparando um trem cargueiro no meu quarto, meu pai roxo de apavorado, minha mãe com febre a mil de medo e raiva, só não apanhei de cinta e chinelo porque sabiam que eu ia fazer um escândalo, gritar igual uma vaca louca, ao apanhar e berrar, porque acho que berrar é humano, e eles além de incomodarem as visitas ali parentes, ainda iriam correr risco de dar na vista e todos poderíamos ser presos.

Mas o pai tapou minha boca na marra e me deu demorados puxões de orelhas, além de uns tapas na bunda.

Ninguém merece. Nem pude marotear.

Dormi com o lombo ardendo, um olho na fronha de âncoras azuis cheirando a vômito antigo, e a porta do meu improvisado quarto-cela de despejo mostrando sombras de resíduos mortais de gente...

O amor é uma sombra?

Meu príncipe encantado é só uma sombra?
Mundo-sombra...

(*) - Hino da Alemanha Nazista

"Alemanha, Alemanha acima de tudo//Acima de tudo no mundo,//Quando sempre, na defesa e resistência//Fica unida fraternalmente,//Do Mosa ao Nemen//Do Ádige ao Belt// Alemanha, Alemanha acima de tudo//Acima de tudo no mundo.//Mulheres alemãs, fidelidade alemã,//Vinho alemão e canto alemão//Devem manter no mundo//O seu velho e belo som,//inspira-nos para acto nobre//durante toda a nossa vida.// Mulheres alemãs, fidelidade alemã,//Vinho alemão e canto alemão.//Unidade e justiça e liberdade//Para a pátria alemã.// Zelaremos todos para isso//Fraternamente com coração e mão!// Unidade e justiça e liberdade//São a garantia da felicidade.// Floresça no esplendor dessa felicidade.//Floresça pátria alemã!//"

Vítima

Não nasci para ser vítima. Não eu.

Nem para suportar calada. Jamé... never...

Algo insurgente em mim me atiça os ânimos, me dá nos nervos; ando tão a flor da pele, que é só mesmo pensar no Leitmotiv para eu me recolher, recuar, e dizer, na moita, para mim mesma, sim, sim, mocinha linda; ainda estou viva, no início da flor da idade, ainda tenho um sonho... a paz virá nos resgatar...

O Apocalipse ainda não foi anunciado, tudo vai passar, vamos voltar para casa, a fábrica vai ser devolvida aos seus legítimos donos, Deus recompensará quem nos ajudou, papai tentará ir embora para o Canadá ou os Estados Unidos, talvez a Argentina ou o Brasil, e um dia nos lembraremos daqui com a consciência tranquila, decantados, experientes, a sensação do dever cumprido, e a nossa história triste será apenas como remorso, e toda ela no contexto será lembrada para que a tragédia não se repita...

Às vezes a esperança é uma lâmpada que precisa ser ligada num fio condutor de justiça com amor e lucidez.

Mas

são

tempos

loucos...

Passeio

Consegui que um dos amigos e antigos ex-empregados do papai, fiéis e corretos com ele, leais, temerosos por nós, mas ainda labutando na empresa com novos donos de embuste e ocasião, me arrumassem, sem o pai saber, umas roupas de operárias... inclusive sapatos, capacetes, dei os meus dados todos, meus tamanhos de roupas...

Trouxeram dias depois, na moita.

Prometi uns mimos depois, por parte do pai. Ficaram de butuca com o que eu poderia aprontar. Pedi que relaxassem... Confiaram em mim, acho.

Então saí do anexo secreto, por uma área interna mas muito bem disfarçada, entrei por uma área de produção da fábrica de temperos, ervas e compotas, caí serelepe no espaço largo do depósito, passei pelo almoxarifado que conhecia bem, pois andei brincando de esconde-esconde por ali tempos atrás com umas amigas e minha irmã, saí num pequeno ajardinado defronte a fábrica, no canal Prinsengracht, nº 263, e em minutos estava na rua como uma legítima e produtiva operária, saindo do trabalho, expediente vencido.

Cartazes e mais cartazes: 10 florins para quem entregar família judia escondida... Nesses tenebrosos tempos de fome, violência e miséria, por 10 florins eles até matam e entregam a mãe... Clima pesado. Nuvens de calças cinzas no ar pesteado. Sol desdentado.

Li e vi. Mas fiz tipo de peão, ou peona, e devo ter me saído bem. As outras operárias ao longe, e mesmo seguranças da área de saída, que são mais frouxos do que os da área de entrada; e quando vi eu estava leve e solta; estava na rua como uma obreira cidadã comum, holandesa de raiz, da gema...

Ah liberdade perigosa, Deus te abençoe, criança liberdade, minha irmã; rua movimentada, soldados aqui e ali, eu também tinha no bolso do macacão uma identidade falsa que poderia livrar minha barra, minha cara torta de creme brando, e assim, livre, feito uma esquisita Liesel Meminger, que era uma operária infeliz que fora flagrada roubado livros numa biblioteca pública, e que descoberta na fábrica vadiando em horário de trabalho pesado perto de um torno, foi denunciada por Líria Holtz Hermann, chefe de serviços da empresa que era do pai, e assim euzinha, pasma de contente, documento falso, segura de mim, ganhei a alameda comprida, novo nome, mesma cara, novo céu, vontade de voar, de gritar fora isso, fora aquilo, vontade de ir ao quartel, me apresentar ao Leitmotiv, com aquele falso nome, até inventar uns dados de detalhes dele que captei, vi, senti; tentar beijá-lo como um príncipe, um rei, me declarar, dizer que o amava, que o sonhava, que ele era meu antes dele saber quem eu era, tudo deveria correr às mil maravilhas, a sonhadora bobona e romântica aqui, sim, isso, poderíamos pegar um trem e fugir, sim, fugir, ir embora, sumir daquele ninho de escorpiões....

Mas, súbito, como um coice de jumento, por assim dizer, uma raiz ou coisa assim que o seja, raiz de menta, dentro de mim, no íntimo acelerado puxou meu ego, desarmou minha soberba, derrubou os pilares da minha casinha azul de papel de pão, atiçou sementes de movimentações íntimas de sadios tentáculos milenares em mim... Há um Deus?

Nada iria dar certo, quem sabe, mas, quem sabe, se só parte desse certo, talvez nos Alpes Suíços, talvez eu saísse daquele lugar detravessado na alma e no espírito, mas, e minha mãe briguenta comigo, ensimesmada e com neuras, doente, e meu pai protetor e amigo, meu herói e bússola, âncora, meus familiares, as pessoas do anexo, que dependiam de mim (dependíamos um dos outros), seriam descobertas, fuziladas.... não, não e não; minhocas na cabeça não; eu andava para a frente, atiçada como a proa de uma nave nau, queria correr da realidade emergente me empacotando ali, meu coração navalhado na jugular, as pernas dormentes, duras, marmóreas, pesadas, câimbras, minhas lágrimas correndo, e eu fugia de mim, fugir do sonho, a caminho da praça, do quartel... do abismo, da caverna de Daniel, dos leões ferozes...

E lá estava o Leitmotiv.

Vestindo as roupas do exército nazista, não acreditei. Santo Deus, tende piedade! Dos uniformes padronizados da juventude nazista, os meninos usam a braçadeira com a suástica junto com chapéus e camisas marrons, um lenço preto no pescoço e bermuda, uma jaqueta marrom com quatro bolsos, um cinto, meias brancas ou cinza e sapatos de marcha.

Ali estava o meu ex, agora; feito um improvisado galã de meia-tigela e hostil reco recém-assumido, talvez sendo iniciado nos severos treinos para seguir a carreira do pai, da Alemanha, de sua guerra imunda...Que pancada. Que frustração. Que horror! Queria morrer naquela hora. Muita coisa em mim certamente morreu...

Ou era um pesadelo; uma miragem... eu estava vendo o que estava vendo, ou era só um amargo e triste pesadelo na minha mente atribulada, perdidinha que eu me achava, livre e perdida... tendo pesadelos acordada?

Vomitei macarrão gravatinha no macacão de peona da fábrica.

Senti-me enojada do sonho, da fuga, de ilusão, da paixão bizarra, de pensar naquele que poderia ser meu herói, o amor da minha vida... Burrinha, eu...

O primeiro amor é para sempre...

Mas, e a primeira desilusão? Não há realidade substituta na guerra?

Quis voltar... Stop! Voltar para onde? (lança chamas)

Quis prosseguir, trôpega. (bazucas, morteiros, canhões, metralhadoras)

Prosseguir para onde? (Granada sem pino).

Para quê,

para quem,

para o nada...

Segurei-me para não explodir...

Diário de páginas soltas como folhas de relva

...Pessoas perdidas, nunca se acham nessa loucura deslavada de correria insana, os capotes ou jalecos cinza são um perigo, desconfiam, sondam, vigiam, fuzilam, pessoas desesperadas para lá e para cá, como baratas tontas, aéreas, orgulho ferido, crenças inúteis, parecem caçadoras fantasmas sem o que predar, gente perdida na selva da cidade sitiada... Bengalas, mochilas, miolos de pão com formigas nas calçadas, calças de esquiar, neve na alma, gelo nos sentimentos aflorados, trouxas como butins de raspas de tachos, uma civilidade arisca, todos andarilhos, peregrinos, moradores de ruas porcas, parecem anêmicas, doentes, marcadas, parafusos soltos. O medo cria monstros disfarçados de sobreviventes a esmo. Soldados de todos os lados, olhares parados num instinto ancestral, gestos inúteis, desarmados de reação, no front há um cemitério a céu aberto, as divisas, as fronteiras, e todos trazem no olhar perdido as suas tantas batalhas na pele, na alma, no corpo, na vontade de fugir do que nem sabem direito o que é, pois tentam não sentir para não saberem e sofrerem mais. Então, depois disso, todos são inimigos. A curva, a trilha, a esquina, as praças, as fontes de água, os alarmes, os toques de recolher, as sirenes, as freadas, os silvos, os canais, os ventos ruidosos... E entre tudo isso, ambulâncias, jipes, tanques, feridos, fugitivos, camuflagens, bombeiros treinando futuros infernos de fogo. A capitulação de algum modo ainda tem suas feridas e sequelas. Um godzila de nevoa parece pairar no ar. E entre isso os omissos, os lenientes, os vitimados, há os cooptados que tentam sobreviver mal e porcamente, se juntando como aproveitadores de ocasião à dor, à gosma de ratos, a escória, aos exploradores do medo, da miséria, da fuga, do degelo íntimo...

Ai de nós.

Diário, a noite no escuro de todos nós...

A mãe como uma filha pródiga fugindo de si mesma, ronda os poucos quatro cantos do anexo emparedado, feito uma barata tonta ou uma peregrina gazela ferida procurando calma para se coçar, deprimida, insegura, mal se reconstruído de si a cada dia enfermo, reclama daqui, cisma dali, faz continuas e desconexas orações até como uma pomba arisca num limitado pombal fechado para averiguação e improvisado como uma arapuca, forçando uma paciência de Jó. O pai no aparelho receptor comprado a peso de ouro e ligado tão baixo que ele advinha um som que nem sempre escutamos na toleima de tentar, sempre de olho na falta de luz que o racionamento provoca, ou como um ato na sombra do reflexivo visor vermelho-fogo, pensando na quentura das válvulas forçando elos, e escuta, acho que com um outro instinto as marchas militares, ou ouvindo a BBC capta e se informa sobre rotas de fuga, e assim com um pedaço de céu no espírito acredita nalguma coisa que não identifico, e talvez nem deva. Acho que, escondido de todos nós, parecendo mais forte do que realmente é, ele, a seco e disfarçado chora escondido, num dial interior, corroendo engrenagens de moinhos íntimos. Chora e vigia, e assim parecendo seguro nos transmite boas novas, aguenta o tranco, segura os potentados do mal que nos rodeiam, para assim tentar passar incólume e poder, ao seu jeito, respirar, ponderar, sacar antes, perquirir mundos e fundos, resistir, viver... sobreviver...

Como é possível?

Diário ao léu (Fragmento)

Um chá aguado com gosto de nunca mais, um rude biscoito impuro e murcho, entre copos ilícitos improvisados numa prataria sem motivo de conteúdo para uso com pompa, ganhos improváveis, tudo recua, as vezes repugna. Como dizer isso assim, com palavras humanas, aproveitáveis na colheita dos desaforos sublimados? Somos frágeis, inseguros, rascunhos, pífios, tentados, mesmo ganhando sobrevidas. Alguns podem fugir, deveriam, mas, fugir para onde? O lugar de si já é uma tormentosa fuga para o nada e o ninguém. Um bilhete para viagem custo o olho da cara. Luxo? Esqueçam. Um olhar de cão ainda inveja os que se disfarçam de alheios a tudo, como parreiras secas, como oliveiras envenenadas, e ainda assim fingem passear como raposas com cerzidas roupas improvisadas de cortinas de improvisado e limitado (minúsculo) espaço de banheiro. Há uma liberdade de embuste e perdida de sua essência de algum modo. O nosso disfarce é a pior fuga. A cidade antes normal, hoje tudo foge ao senso comum, todos fingem, e tem suas marionetes, ariscos exibem crachás falsos, outros com braçadeiras de antro. Há um muro íntimo em tudo e em todos. Que muro mora em nós? Beijamos paredes-limites que não vemos. Eu mesmo tenho um açude represado nalgum porto selvagem de mim. E como tenho sido tola. E também tenho um tijolo todo meu, para não esquecer que sou alvo, e para onde for levarei essa casa que ainda pretendo reconstruir numa terra nunca dantes prometida...

Temo ser picado pela realidade cascavel mais profunda, e padecer insanidade com isso. Perdoem minha fuga-diário, isso aqui, o que quer que seja isso aqui e agora, mas me faz manter retesado o arco da promessa de meu selo sagrado dentro do clã.

Diário, fragmentos aproveitáveis como jacintos cortados

A artilharia alemã treina em todo lugar, cerca, cerceia, filtra, limita, supervisiona, mostra caça minas, lampejos de ócio, caça muito além das pragas invisíveis. Há divisões em todos os lugares e barreiras. Sempre há um suspeito em potencial, um perigo rondando, um medo de levante, as notícias do estrangeiro nutrindo ódios e luzes, há arames em todos os nativos, entre outros tantos desterrados e estrangeiros de passagem. Cheiro de fumaça-vinagre no ar modorrento. Somos todos buchas de canhões de algum modo. Não há mais heróis E nem honra que suporte. Depois de cada embate nas redondezas, há papos furados, invenções, melindres, mentiras, cantares de galos. E ferros distorcidos chegando e saindo, entre feras aguardando o bote, a fuga, a derradeira corrida. Depois de cada peleja, são todos párias de uma forma ou de outra. Fios de navalhas afiados no calço da sobrevivência possível. O que esperar dos ingleses, dos franceses, dos americanos? Quem será a salvação da lavoura nessa guerra insana? Brigadas de incêndio preparam um teatro operacional a céu aberto, como se treinando para uma realidade voraz que não anseiam. Somos todos coadjuvantes nesse teatro operacional de fantoches mancos? Alienados aqui e ali, parvos, turvos. Parece que o inferno precisa ser reconstruído a cada dia, e em cada um, para uma escada para o vazio existencial que tenta prover o íntimo transido. Encontrar um amigo vivo é como um sopro nutricional a seco na alma fugidia, um espelho marcado macetando a nossa pequenez em cacos. Não há vencedores em guerra alguma.

Mas prosseguimos, nem sempre cientes que somos uma procissão de leprosos sem perdão

Diário, recortes

... a fraca luz amelada das lâmpadas dos quartos parecem dar um ar de mosteiro velho a uns escondidos das trincheiras da vida e da morte, por que não? Estamos perdendo cor. Café e luz tênue nos batem e nos baqueiam. Antes de escurecer nos preparamos para o pior. Há um cheiro ruim como se de um desenho de cor lilás que apodreceu. Somos inexatas partes opacas de um velório mórbido. Velamos a esperança enferma... Sou uma desmiolada anã desse jardim das oliveiras que jamais dará sementes. Um toque de recolher nos afina os ânimos, e também afia o gume de nossas relações esticadas e por um fio. Mas é um barulho como se de um bufão escarlate que impera, nutre e reina, entre os escombros e arrastões pontuais e os a gosto dos improvisos doentios dos militares. E é como se batêssemos continência para o temor reinante. A fome cerceia, se avoluma, recua, nos rodeia. Tudo está difícil. Fome de tudo. Rações já são tentadas. Fome de luz, de lucidez, de ar puro e de passagem aberta para o novo, a liberdade, a paz de espírito. Os que estão sendo caçados, que esperança têm como andaimes movediços? Triste e indignada, sei que ouvimos dizer, ouvimos boatos. Não acredito. Como tudo isso é possível, meu Deus? Caço ideias para remoer. Há histórias clandestinas de que estão mandando judeus para trabalhar a pão e sopa em fábricas em terras distantes. Pode uma coisa dessas?

Ficamos inventando cavalos de batalhas...

Isso não pode ser...

Diário, tristeza e dor

Campos de extermínio, vocês acreditam? Sinto-me suja pensando inaceitáveis impossibilidades humanas?

Um amigo do papai tomou dose pesada de cianureto de potássio. Tifo, fome, guetos, becos, asilos, em que mundo estamos? De madrugada, barulhos de rodas nas pedras e mas águas dos canais nos atiçam o instinto já quase se desarmando. Há cartazes para tudo quando é lado, em todos os lugares, ordens unidas, medos, motos, riscos, sinais de pânico. A mãe as vezes monta uma mesma trouxa de roupa com tudo o que ela acha que ainda tem valor do que nos resta. Conta, confere, lustra, beija, abraça, lembra, depois chora miudinho como uma gata ferida. E logo imediatamente depois abrupta desfaz todo o amontoado, bota tudo nas gavetas, nos buracos, nos esconderijos. Abatida está enrugando as saliências do rosto que quando sã e mais jovem era quadrado e esbelto. Acho que já começou a produzir um tique nervoso. Esses dias eu a flagrei ajoelhada orando uma prece em iídiche antigo. De longe, na minha memória pura também veio o retumbante som de um violino e de um saxofone desafinado solando um clássico. Ela então se assustou como se ainda respirasse luz noviça nessa arte solta nos ares; e um reflexo de luz de passagem rapidamente tomou seus olhos murchos, enquanto eu me escondia num pilar mal caiado e úmido e me ofereci em sacrifício para morrer no lugar dela...

....

Amsterdã ao mesmo tempo que é bela, suntuosa, encantadora e fulgurante, é, ao mesmo tempo e paradoxalmente uma polis sitiada, então era bela e triste; as pessoas, parte a favor dos invasores, parte contra, e eu, bandeira a meio pau, a meio caminho da idade, e meio caminho de mim, a meio caminho de nada... a meio caminho da idade da pedra...

Sim, querido diário, esse, digo, aquele, era o amor de minha vida, desculpe; ilusão que me sustentava viva num sonho talvez impossível, dentro do anexo secreto... dentro de mim... que tola fui... Minha verdadeira paixão impossível agora, secreta ou não, é a liberdade, a esperança, o amor, a paz, a serenidade...

Devo arrancar as folhas em que conto dessa paixão bobinha? Ah que mal a solidão e o enfurnamento fazem para a saúde mental da gente. Bobinha, eu...

Ah, mas tem o outro diário, o que presta, o sério, que eu começo a contar, narrar, conto, esmigalho, lavro-me, lastro-me, ali está o outro lado da moeda, que um dia será livro, será editado, talvez você, diário de uma paixão secreta, seja destruído, se não me faltar coragem...

Às vezes minha coragem louca é um perigo.

Prometheus (1774)

– Poema em Alemão que guardei numa revista de modas comprada em Berlim pelo meu pai:

Wolfgang von Goethe (1749-1832)

Encobre o teu céu, ó Zeus,
Com vapores de nuvens,
E, qual menino que decepa
A flor dos cardos,
Exercita-te em robles e cristas de montes;
Mas a minha Terra
Hás-de-ma deixar,
E a minha cabana, que não construíste,
E o meu lar,
Cujo braseiro
Me invejas.
Nada mais pobre conheço
Sob o sol do que vós, ó Deuses!
Mesquinhamente nutris
De tributos de sacrifícios
E hálitos de preces
A vossa majestade;
E morreríeis de fome, se não fossem
Crianças e mendigos
Loucos cheios de esperança.

Quando era menino e não sabia
Para onde havia de virar-me,
Voltava os olhos desgarrados
Para o sol, como se lá houvesse
Ouvido para o meu queixume,
Coração como o meu
Que se compadecesse da minha angústia.
Quem me ajudou
Contra a insolência dos Titãs?
Quem me livrou da morte,
Da escravidão?
Pois não foste tu que tudo acabaste,
Meu coração em fogo sagrado?
E jovem e bom — enganado —
Ardias ao Deus que lá no céu dormia
Tuas graças de salvação?!

Eu venerar-te? E por quê?
Suavizaste tu jamais as dores
Do oprimido?
Enxugaste jamais as lágrimas
Do angustiado?
Pois não me forjaram Homem
O Tempo todo-poderoso
E o Destino eterno,
Meus senhores e teus?
Pensavas tu talvez
Que eu havia de odiar a Vida
E fugir para os desertos,
Lá porque nem todos
Os sonhos em flor frutificaram?

Pois aqui estou! Formo Homens
À minha imagem,
Uma estirpe que a mim se assemelhe:
Para sofrer, para chorar,
Para gozar e se alegrar,
E para não te respeitar,
Como eu!

(Anotado num caderno velho da escola)

O patriarca escapava

-O pai dava seus pulinhos. Certeiros e precisos. Artimanhas, sondagens, visão...

-Campear o que fazer. Tinha seus cartuchos. Um olho no peixe, um olho no mar bravio. No mar de sargaços desses tempos tenebrosos ...

-Preparar orquídeas murchas em saídas de emergência.

-Faro fino. Pensava, sentia, cismava.

-Olho de lince. Captaria mensagens no ar turvo?

-Mãos, um tesouro.

-Faltava transformar aço em ouro.

-Mas uma alma de aço.

-Assim como eu dava no pira, sorrateiramente, discretamente, na moita, todos fingiam que não sabiam ou que não viam (tinham outras preocupações mais emergentes) o pai turrão e determinado, provedor e bom de bico, também escapava por frestas, buracos, flancos, zonas de escape, buracos oportunos, ocasionais, liso corria bulir com a vida real lá fora feito uma ferida aberta no caos, um circo armado, teatro de operações absurdas, liberdade sitiada.

O pai também sumia sim, senhoras e senhores, respeitável público, o patriarca corria atrás de providências, às vezes saía por uma porta secreta especial e só dele aqui no anexo, e garrava a vida burrenta e briguenta lá fora, em busca de tentar achar salvo-conduto, tickets de comida, sobras de refeições, mercado negro, documentos de emergência para emigrar para a América de homens livres, sondar conchavos, subornar altas patentes, e as joias do clã iam se afunilando no alforje de couro de ovelha, e ele campeando o que fazer, o que comprar, provisões, dólares; nos protegia com riscos para a própria vida, tinha amigos alemães, judeus, suíços, holandeses, sírios, russos, libaneses, franceses, entre leais, legais, mas também amigos de percurso e de ocasião, amigos marginais, artistas, ciganos, recos, corruptos, ladrões, certa gentalha na mão até, e disso se servia e se valia para nos dar menos peso e menos dor.

Como deve ter sofrido. A vida escoando...

Mas era uma fortaleza, ah, isso era.

Uma homem-bandeira, com sua força-estandarte, entre seus protocolos de resistência, de sobrevivência.

Quando conseguia algo mais para nosso reduto, um mimo precioso, um doce adorado, um capote de primeira para um de nós, quem quer que fosse o sorteado ou escolhido para a oferenda de percurso e ocasião, era como se tivesse descoberto a pólvora, tivesse descoberto o manuscrito do Mar Morto, pelo jubilo, se regozijando.

Eu o admirava.

Puxei meu pai.

Cascuda, sensível, forte, destemida, bicudinha.

A cara e a coragem.

Um espelho, meu genitor.

Pensaventos

Anoto frases, pensamentos, provérbios, ditos populares, versos curtos, ideias para outros livros, talvez até algumas croniquetas de resíduos existenciais. Um outro diário de sobrevivência possível?

Escrevo como se com uma espécie de surto?

Meu espírito respirando um outro novo mundo, um novo céu, uma nova selva, uma nova terra.

Talvez um livro-realidade-substituta. Pilar.

Onde o leão e o cordeiro...

Anoto, capto, procuro, busco... fragmentos, tijolos no meu ser, no meu anexo íntimo, sustentando-o, sustentando-me...

....

A Festa de Pessach é um dos eventos mais importantes dentro do judaísmo ortodoxo, na história universal, pois foi neste evento histórico que o Eterno consumou a libertação do povo de Israel do jugo dos egípcios.

Pessach:
morre o cordeiro,
ressuscita o Leão.

Adoro

... adoro flores – as flores nesses tempos tenebrosos estão caras e raras e feias (machucadas... machucadas como eu... não querem ou não sabem mais ser flores – olha eu poetizando) – ...adoro frutos, Deus que me perdoe a gula, mas estão custando o olho da cara no mercado negro – adoro museus (serei reconhecida como uma múmia nova?), adoro clubes (não existo mais para eles), adoro animais (no céu tem zoológico?), adoro bolos, doces, confeitos, festas, bagunças, balburdias; cozinho bem até, quando é preciso, quando é a minha vez, e amo me dedicar a cozinhar. Com tempero de meu amor e de meu afeto todos os doces ficam maravilhosos... adoro dançar, e assim, entre o anexo secreto, as ruas da amargura (liberdade-medo), a praça perto do quartel, danço na corda bamba sem sombrinha, como se diz dos bailarinos de circos, como uma engolidora de fogos, uma mulher barbada, e mesmo se eu fugisse com um circo, seria reconhecida, entre ciganos, judeus, molambos, impuros, clandestinos, estrangeiros; não servi para a raça pura, estou entre os marginais, os procurados, então tenho que me fingir de morta, tento apenas e circunstancialmente fingir que não existo (pensa que é fácil?) – escrever é fingir bem que não se existe? – e nesse diário, ou no outro, que esse é íntimo, secreto e não oficial, destilo meus venenos, minhas amarguras, minhas lidas, minhas doçuras, meus afetos murchos, com a palavra certa tentando ser a cereja do bolo que não há, o bolo invisível do meu povo... o bolo ázimo... igual o pão ázimo...

Roupa

Às vezes eles pegam nossas sujas roupas de tanto que são usadas, e levam para lavar fora... levam escondidos, lavam escondidos... não deixar pistas, essa é a ideia...

Eles.

Lavam, fervem, passam, engomam.

Dão um trato hábil, necessário, até cerzindo, no capricho possível.

Algumas voltam.

Algumas somem.

Algumas apodrecem na lavagem.

Algumas já não nos servem mais. Velhas roupas da cor do medo...

Os tecidos coloridos desbotam com o nosso suor-medo...

Se eu me fingisse de roupa velha, seria levada e lavada e estaria livre, como uma bolha de sabão no ar, assim muito mais perto do criador?

Uma trouxa de roupas nos voltou com alguns documentos falsos – por engano? – carnês de comida, algumas moedas e cartões de visitas, e por estranho que pareça também um rascunho de um poema-despojo, ou coisa assim, anônimo.

Perigosamente (e tristemente) anônimo, como nós aqui, nos sentimos e somos...

Acrescentei uns pensares meus, passei a limpo, preguei num prego enferrujado ao lado de minha modesta cama de armar.

É o meu hino agora.

Um dia vou musicá-lo.

Vai doer mais em vocês do que em mim?

Colhe as flores mas larga-as
Das mãos mal as olhaste
Senta-te ao sol. Abdica
e sê rei de ti próprio!
(Fernando Pessoa)

....

"Se eu morrer/Quem escreverá meus versos?"
Marina Tzvietáieva

Corvo Azul da Cor do Céu

Há uma procissão de milhares de mães nas ruas incendiadas,
com altas tochas acesas,
com machados afiados com palavras de gelo,
vestindo peles de raposas,
de cervos,
de rinocerontes,
de leões
Procurando pelo louco com asas nos pés que castrou seus filhos queridos,
babando sangue as mães querem justiça a todo custo,
mais,
com arames fardados enferrujados nas rotas vestes puídas,
querem vinganças dantescas,
as mães

Os pobres pais,
amarrados às janelas das casas entre guaritas e cercas infinitas de pedras sagradas,
ainda desesperados assoviam tristes cantatas esquizofrênicas,
as irmãs, que sobreviveram cortam os rostos alvos,
com espinhos secos de rosas rubras de outra dimensão,
e há ainda um pastor cego que tosa o cordeiro verde com lágrimas santas nos olhos,
e há também,
como uma profecia intraduzível, o corvo azul, azul da cor do céu,

que num galho cadavérico da velha árvore seca quase marmórea,
tem tripas de humanos vazando pelos bicos,
bicos insanos em forma de grampos,
de serras.

De serras
e de nuvens com relâmpagos de sangue inocente.

(autor anônimo)

Lobos

Os lobos estão soltos.
Os lobos do lodo no húmus do outro lado quase humano de nós.
Corações de arame com cruzes de ferro.

Bolo judeu

Antes do Sabat passado, do papai com o seu kipá preferido ler o Talmud, ajudei mamãe a preparar, no grito, na marra e de improviso, no muque, o chamado knaidlach para homenagear à memória de minha avó.

Esse bolinho servido com caldo de galinha é um clássico delicioso da culinária judaica.

Uma memória de pertencimento; é assim uma espécie de achado de saudades e lágrimas.

Aliás, nessa temporada de reclusão e de jejum forçado as vezes, as datas judaicas que geralmente acontecem sempre em torno da mesa, é sempre terrivelmente cansativo, pois é um improviso geral, na estica, tudo, por atacado, com o que nos arranjaram os amigos lá fora, prestimosos amigos servidores, Deus os abençoem ricamente.

O Rosh Hashaná, por exemplo; ano novo judaico, que seria um exemplo rico de como a comida é carregada de simbologia, pois sempre durante a ceia são servidos doze alimentos, cada um representando um desejo, como o próprio costume ancestral de comer lentilha no réveillon.

São tantas tradições, mas, talvez, a minha receita favorita da data magna seja o bolo de maçã e mel, representação dos votos de um ano doce.

Nessa época, o tradicional pão challah é assado em forma de círculo, para representar a continuidade.

Durante o ano é preparado como se fosse uma trança gordinha – e não falta na mesa do shabat, dia de descanso semanal no judaísmo.

O gefilte fish, um característico bolinho de peixe, também é tradicional entre os judeus e tem presença garantida na mesa de quase todas as comemorações.

Para o meu predileto doce saboroso, que sou doceira como ninguém, assentei em rabiscos rápidos como garranchos, a bendita receita sagrada, para nunca mais perder de vista, não esquecer jamais, com todas as mulheres aqui de casa ditando, lembrando, incrementando, ajudando, mão na massa, mão na roda, uma bagunça geral de barulhezas e contentices, estripulias mil:

Para o bolo de Maçã e Mel

Ingredientes

- 2 ⅓ xícaras (chá) de farinha de trigo
- 1 colher (sopa) de chocolate em pó (que não tivemos)
- 1 colher (sopa) de cacau em pó (que não achamos)
- ½ colher (chá) de canela em pó
- 2 colheres (chá) de fermento em pó
- 1 maçã verde grande
- 6 damascos (Custaram o peso em ouro)
- ⅔ de xícara (chá) de nozes (parte nozes, partes castanhas bem ruins, chochas)
- 4 ovos
- 1 ⅓ de xícara (chá) de açúcar
- ⅔ de xícara (chá) de mel
- 1 xícara (chá) de óleo
- ⅔ de xícara (chá) de chá preto forte

Modo básico de preparo

1. Pré-aqueça o forno a lenha e improvisado num vão do anexo, se for o caso nosso. Unte com óleo ou manteiga (se tiver) e polvilhe com farinha de trigo uma fôrma redonda.

2. Passe pela peneira a farinha de trigo, sem o chocolate em pó que seja, sem o cacau em pó que sumiu do mercado, misture a canela em pó e o fermento em pó. Misture delicadamente e reserve.

3. Prepare as frutas: corte a maçã em quatro partes, descarte as sementes e, usando a casca para proteger os dedos, rale na parte grossa do ralador improvisado que seja (e descarte a casca); pique os damascos (se tiver – não temos). Pique grosso as nozes (que foi uma mistura danada). Reserve.

4. No muque, bata os ovos até começarem a espumar. Continue batendo em velocidade média e possível e junte o açúcar aos poucos. Aumente a velocidade da mão já torta e dolorida, meio capenga, e bata, na marra por cerca de 3 minutos, até a mistura ficar bem pálida, quase igual com a nossa cara aqui dentro.

5. Junte o mel e o óleo e bata apenas para misturar.

6. Reduza a velocidade das mãos improvisadas nas batidas, e junte os ingredientes secos e peneirados, alternando com o chá preto.

7. Pare de bater e misture as frutas com uma espátula de osso e madeira, que é o que temos. Transfira a massa para a fôrma preparada e leve para assar por cerca de 45 minutos. Espete um palito no centro da massa; se sair limpo, está pronto.

8. Enquanto isso, prepare as maçãs.

9. Deixe o bolo esfriar por 10 minutos, antes de virar.

Para a cobertura de maçãs

Ingredientes

- 3 maçãs verdes se tiver
- 1 ½ colher (sopa) de manteiga (e a que temos é muito ruim rançosa, só por Deus)
- ⅓ de xícara (chá) de açúcar (temos um bom estoque adquirido a peso de ouro)
- ⅓ de xícara (chá) de mel
- 1 colher (chá) de canela em pó

Modo de preparo

1. Lave, seque e corte as maçãs ao meio. Descarte as sementes e apoie a parte cortada na tábua. Fatie fino cada metade.
2. Numa frigideira larga ou panela média, junte a manteiga, o açúcar e as fatias de maçã. Leve ao fogo médio e deixe cozinhar por cerca de 15 minutos, mexendo de vez em quando, até que as maçãs fiquem macias.
3. Baixe o fogo se puder, se possível (aqui não tem como), adicione a canela e o mel e misture. Deixe cozinhar por mais 5 minutos, mexendo de vez em quando. Com um garfo, distribua as fatias de maçã sobre o bolo. Por último, regue com a calda que restou na frigideira.

Sirva a seguir, salve-se quem puder.

Crianças e mocinhas primeiro.

....

Os religiosos Judeus cobrem suas cabeças com um gorro em forma de prato (yarmalkah), geralmente feito de pano, para distingui-los de seu Criador. O costume de usar o "yarmalka" (também conhecido como "kipá") não está baseado no Torah (a chamada bíblia Hebraica) como é o caso do tzitzit – borlas, pendurados nos cantos das roupas masculinas (Números. 15:38). Cobrir a cabeça é algo obrigatório somente para o sumo sacerdote. A ideia de todos os homens cobrirem suas cabeças foi uma invenção do Judaísmo rabínico emergente (em torno de 3 º século DC), que procurou reconstituir Israel sob sua liderança após a destruição do Templo em 70 DC, simbolicamente projetando deveres sacerdotais em cada homem Judeu. A palavra "yarmalkah" em Hebraico não significa nada, pois está por assim dizer no idioma Judaico-Alemão chamado Iídiche, mas é uma palavra composta por duas palavras em Aramaico – Yar (medo) – Malkah (o Rei).

Oração

Que as crianças cantem livres.
Amém.

Leitmotiv

Agora, forçosamente é imperioso que eu, bobinha de tudo, tenha que desistir de meu exótico e quase ex-amante amado que era perfeito só para mim, tolinha, ter que na marra desistir de meu falso príncipe encantado de ocasião, montado, inventado, de minha paixão secreta arrumada de impertinência só para me dar fibra de sustentação nesses tempos bicudos, abrir mão de meu Romeu branquelo, para não parecer mais alienada, cara de pudim de leite,

... eu com meus tamancos de sonhos impossíveis.

Que o "Amoodeio."

Bem isso. Amo-o por mim e por ele. Ou, amava, claro, só pode.

Mas são tempos difíceis. Não posso dar na vista, nem me entregar de mão beijada. Por isso devo pular fora? Já vai tarde...

Como um gato que tem sete vidas, no dizer do adágio popular, tenho eu de pôr as barbas do profeta de molho.

Senti isso. Caí na real. Antes tarde do que nunca?

Captei isso. Levei um fora? Ah a dura realidade... (Um fora... do que nem exatamente era...... estou abilolada?)

Levo-o de alguma forma triste comigo, numa partida ânfora íntima, uma cicatriz severa, uma marca, como um número, nesse diário, que já pensei em destruir.

Não há sensações no esquecimento...

Judeus estão morrendo...

Pelo rádio e por amigos que nos vem provendo e nos informam, ficamos sabendo notícias...

Ataque a Pearl Harbor... depois Normandia...

O mundo se move. Há boatos de que vão atentar contra Hitler, o desmiolado Furher cavalo do inferno...

Um resto de esperança,
ainda é um antigo elo de oxigênio em nossa fé.
A esperança proclama a glória do Criador?
Oito pessoas no anexo secreto

....

O zoroastrismo do profeta Zaratustra, a quem os gregos chamavam de Zoroastro, é considerado como a primeira manifestação de um monoteísmo ético, e funda a ideia de que Oito é o número universalmente considerado o símbolo do equilíbrio cósmico. É um número que possui um valor de mediação entre o círculo e o quadrado, entre a terra e o céu, e por isso está relacionado com o mundo intermediário e um simbolismo de equilíbrio central e com a justiça.

O número 8 deitado simboliza também o infinito, e representa a inexistência de um começo ou de fim, do nascimento ou da morte, e aquilo que não tem limite. O oito deitado, ou o símbolo do infinito, representa ainda a ligação entre o físico e o espiritual, o divino e o terreno.

Nas culturas orientais o número oito carrega um poder simbólico equivalente, em alguma medida, ao do número 7 para a cultura ocidental. No Japão, o número 8 é um número sagrado. Nas crenças africanas, o número oito possui um simbolismo totalizador.

O número oito é o número que simboliza a ressurreição, a transfiguração. O número 8 anuncia a prosperidade e a bem-aventurança de um novo mundo.

Mas, dizem as más línguas de víboras, que Deus inventou as palavras.

E o anjo caído
inventou
os
números...

Treino é dor

Treino minha mente para ver o lado bom de tudo. Todas as coisas têm um lado bom. Cismo com isso. Sou assim, fugir... de alguma forma, uma ideia de amor inventado, um sonho entre a crise...

Mas não é fácil.
O que é tudo, agora?
Alegro-me, bobinha.
Fujo-me, louquinha.
Escapo-me.
Ovelha perdida.
Olho para o céu.

Cheiro de enxofre.

Fugir

Vamos fugir, pai,
vamos fugir, mãe,
(do amor bobo já me fugi)
vamos fugir, amigos...

Talvez devamos emigrar disfarçados e ir criar abelhas na América do Sul, talvez no Brasil, onde lendas amazônicas dizem que, em se plantando tudo dá... ou deveríamos nos despachar para o Uruguay que é a chamada Suíça das Américas.

Uns parentes do Líbano foram para lá e adoraram...

Nosso povo errante,

nossa pátria-mãe é qualquer lugar e ao mesmo tempo todo lugar.

Cada um de nós mesmos é nossa-mesma pátria. Está escrito desde muito antes de antigamente.

Fuga

Não tem como fugir de existir.

Não tenho como; será uma condenação ancestral?

Então tenho que enfrentar-me.

O medo-coisa, anexo, paralelo, pertinente.

A única forma de lavar minha honra com sangue de outras vidas tantas derramadas, é escrever... escrever... escrever.

Como uma solda, um anelo, um esmeril, uma cimitarra, um cantil, um paraquedas na pele do íntimo, um novo pacto...

desde Abrahão

A dor viajará a eternidade inteirinha no bojo de minha alma, para trazer a liberdade de toda a humanidade que amo a perder de vista?

Noite

Quando fico sozinho à noite (e estou sempre sozinha à noite que me habita e que me move de dentro de mim), com os meus pensamentos errantes, é que sou um perigo.

Por isso, sempre, antes de dormir, escrevo para me livrar do que sinto e do que penso do que sinto, para, descarregada, poder enfim dormir em paz, e oxigenar minha truculenta alma partisan.

Pós-scriptum

Ler-se: Livre (o)
Sou uma eterna aprendiz.
Essa é a minha maior e melhor liberdade.
Sou escritora,
amadora.
Essa é a minha maior rebeldia.
Estou aqui de passagem.

Esse é o meu melhor livro.

....

Minha
loucura
me
protege

(Deus usa os loucos para confundir os sábios, disse Salomão)

Querido Diário Número Dois

Baile de Máscaras Sem Máscaras

Sonhei. Um salão, palco iluminado. Ou pensei que sonhei. Chão de estrelas? Ou o pesadelo se reverberou na minha cabecinha de melão e virou mesmo foi um sonho de Hollywood. – Ah minha imaginação de víbora de Cleópatra (que o bom Criador me perdoe) – que estava para acontecer aqui um baile, aqui, modo de dizer, mas podia ser aqui, ser ali, ser nalgum lugar qualquer do planeta armado até os dentes. Pronto.

De uma hora para outra, claro, atrevida, no meu atiçado ímpeto juvenil roubei a cena, e roubei as parcas e ruins e gastas maquiagens das mulheres aqui reclusas, e dei-me a me aprontar serelepe para o baile que haveria de haver, sonhado, pensado ou inventado que fosse, que o que importa é a fantasia célere de tentar ser feliz, custe o que custar, doa a quem doer, haja o que houver, com angústia-vívere sublimada ou não.

E dei-me um (modesto que seja) banho de loja aqui mesmo – tô lesa? – de guarda-roupa montado às pressas e de cômoda chique embutida, com uma felpuda toalha em bacia de ausência, cuidei-me, limpei-me, fiz as unhas com o que temos, sabonete em restos, armei-me de fé e de luz, a estrela bailarina iria dançar, e assim nesse rompante de faz de conta e levanta e cai, e levanta e anda, e leva e traz, não é que todos se entusiasmaram comigo, como se fosse o caso de um anjo azul-xadrez de veludo de lã de vidro que iria descer do céu num enorme cata-vento, e iria me levar para um baile nas nuvens de chantilly, e assim, sonhando que, na aurora, como uma Scheherazade de mil e umas noites, além de notícias ruins da BBC de Londres também poderíamos ouvir baixinho umas coisas de Vivaldi, quem sabe se algum jazz orquestral de Glenn Muller, talvez, e assim me aprontei, arrumei, ex-abóbora da meia noite, cuspi verde-ranho em sapatos puídos para lustrar bem, limpei, passei azeite de um lado, restos de pó de café no outro, gordura de sebo de sopa enlatada no couro, pus as poucas e restantes joias caríssimas e herança de avós da mamãe que o pai quase que se se desfez de tudo, e assim me arrumei para um baile de estrelas. Dançar...dançar...dançar... gira, rodopia, saltita...

Nem que tivesse que abrir as poucas janelas internas para a meia luz em médio espaço pertinente, no anexo, para ver no céu desdentado algumas luzinhas distantes, uma meia-lua com sorriso de miss, aviões fervendo, indo e vindo, o pai estranhou, claro, pobre coitado, mas se apegou na leitura do Torah com a cabeça coberta no meio tom de sombras do ambiente carregado... pois não pode sair para ir a Sinagoga que foi fechada e cercada de trincheiras de arame farpado; não pode assim ir assistir os cultos, nem ministrá-los se preciso fosse... aliás, dizem que todas as Sinagogas foram destruídas na Holanda pelos nazistas ... então ele fica no anexo mesmo a suplicar a Deus um paraquedas em nossas frágeis omoplatas já enfraquecidas.

Ah, o baile, sim, sim... Voltemos ao assunto. Assim fizemos, e nos aprontamos. De uma hora para outra cortaram a luz, ficamos a ver navios, sem som, foi quando pensei em assobiar uma valsa, alguém puxou baixinho uma cantilena do tempo dos escravos hebreus do antigo Egito que alguém lembrou de lembrar, triste hora, tristes memorias, mamãe fez um chá de alguma coisa parecida com alguma erva que deve ter tirado de folhas de algum legume aproveitado até o talo que se nos veio na entrega pouco pontual do rancho semanal de nossos amigos fieis repositores, quando se viu, todos, a meia luz de bobo luar, a meia boca, lenços nas mãos, nada nos bolsos vazios, documentos e carnês e tickets de racionamento escondidos nas frinchas do anexo, e nós nos tomamos de alumbrados e loucos varridos a dançar como zumbis, fantasmas de Shakespeare, como besouros no esterco, como lobisomens um balé imaginário, que mal dava para sapatear feito uma caixa de fósforo enorme... e esperamos a luz voltar, racionamento coisa e tal, e esperamos, febre do meu entusiasmo pueril e juvenil, juntos, sim, esperamos voltar, e então, nas sombras, janelas entreabertas com cortinas de panos de pratos e toalhas de banho felpudo para secar, e como o Frankenstein, romance de Mary Shelley, pintados para a guerra, por assim dizer, nos demos as mãos crispadas, e cantando baixinho uma toada que o pai e a mãe quando namorados aprenderam em iídiche, e assim baixinho cantando, risos e lágrimas, nos arremedando no refrão, fantoches ridentes, dentes de ouro de alguns velhos brilhando no entrebreu, e dançamos como numa mistura de fantasmas e marionetes, como fantoches presos por fios de betume driblando sombras...

Cantamos e rachamos o bico de rir, baixinho, claro, entre cantorias pueris, risos, lágrimas, talvez até algumas flatulências sonoras desacostumadas de serem livres na prudência e educação de meio... e assim foi o bendito baile imaginário, e assim nos sentimos amados, presos talvez numa barriga de uma baleia de Jonas, esperando a tábua de esmeraldas e de misericórdia da salvação, um porto seguro, uma casa no céu... antes que o diluvio de Noé varresse os infiéis pecadores todos da terra em polvorosa...

Só paramos de nos arrastar, de chacoalhar os esqueletos, quando os sapatos pediram refresco, a noite preteou tudo, nossa alma quis aconchego de fronha e paz, e nosso espírito viajado pediu remanso.

Então nos ajoelhamos já com poucas forças então restantes, e num genuflexório improvisado a um invisível altar de Deus, baixinhos também, agradecemos a Deus por estarmos dentro do mundo ali, perto de um pedaço de inferno, em que o anjo mau tinha aberto sua caixa de pandora, e aquele nosso anexo secreto ser uma redoma de acolhimento e de sustentação... bendito seja...

Ah, mas Deus devia ter mais coisa para se preocupar do que conosco ali, e eu tive medo de dormir meio de mal com Deus.

Há dias que as noites são enfermas em nosso recolhimento ferido.

Livro de Reis

2 Sucedeu, pois, que, havendo o Senhor de elevar a Elias num redemoinho ao céu, Elias partiu com Eliseu de Gilgal. 2 E disse Elias a Eliseu: Fica-te aqui, porque o Senhor me enviou a Betel. Porém Eliseu disse: Vive o Senhor, e vive a tua alma, que te não deixarei. E assim foram a Betel. 3 Então, os filhos dos profetas que estavam em Betel saíram a Eliseu e lhe disseram: Sabes que o Senhor, hoje, tomará o teu senhor por de cima da tua cabeça? E ele disse: Também eu bem o sei; calai-vos.

4 E Elias lhe disse: Eliseu, fica-te aqui, porque o Senhor me enviou a Jericó. Porém ele disse: Vive o Senhor, e vive a tua alma, que te não deixarei. E assim vieram a Jericó. 5 Então, os filhos dos profetas que estavam em Jericó se chegaram a Eliseu e lhe disseram: Sabes que o Senhor, hoje, tomará o teu senhor por de cima da tua cabeça? E ele disse: Também eu bem o sei; calai-vos.

6 E Elias disse: Fica-te aqui, porque o Senhor me enviou ao Jordão. Mas ele disse: Vive o Senhor, e vive a tua alma, que te não deixarei. E assim ambos foram juntos. 7 E foram cinquenta homens dos filhos dos profetas e, de longe, pararam defronte; e eles ambos pararam junto ao Jordão. 8 Então Elias tomou a sua capa, e a dobrou, e feriu as águas, as quais se

dividiram para as duas bandas; e passaram ambos em
seco.
9 Sucedeu, pois, que, havendo eles passado, Elias disse
a Eliseu: Pede-me o que queres que te faça, antes que
seja tomado de ti. E disse Eliseu: Peço-te que haja
porção dobrada de teu espírito sobre mim. 10 E disse:
Coisa dura pediste; se me vires quando for tomado de
ti, assim se te fará; porém, se não, não se fará. 11 E
sucedeu que, indo eles andando e falando, eis que um
carro de fogo, com cavalos de fogo, os separou um do
outro; e Elias subiu ao céu num redemoinho.

Canais

Amsterdã, capital da Holanda, também rotulada de Veneza do Norte por seus mais de 100 quilômetros de canais, entre ilhas e pontes, sendo que os três principais canais, Herengracht, Prinsengracht, e Keizersgracht, foram cavados no Século XVII durante a Idade de Ouro Holandesa, quando formaram cinturões concêntricos ao redor da cidade, e assim conhecidos como Grachtengordel.

Pois, lembrando os famosos canais aqui de Amsterdã, uma noite, mal acabou o noticiário da BBC de Londres que clandestinos ouvíamos o mais baixo possível e na surdina para captar o dial com estremiliques, atentados e curiosos; com chiados em falhas de transmissão clandestina e proibida, e foi quando ouvíamos pela primeira vez a música Velho Rio, com o locutor empostando ainda mais a voz como se com voz de menta no éter, e paulatinamente, pondo ainda mais triste emoção no timbre e no tom, e o locutor leu a letra antes, depois uma voz maviosa solou a moda, não me lembro quem, perdoem, mas depois o papai me sentindo interessada na canção triste, conseguiu que alguém a ouvisse repetidamente de um disco de 78 rotações (também chamado apenas de 78 rpm, ou de disco de goma-laca), tocados num gramofone (ambos foram inventadas por Emil Berliner em 1888), e então transcreveram a triste letra em tinta rala para nós, para assim, quando a ouvíssemos de novo entendêssemos melhor e captássemos a mensagem que ela traduzia de tristeza, de horrível discriminação e de imensa dor. A letra era de Oscar Hammerstein e a música de Jerome Kern, artistas da América, chamada Terra dos Homens Livres:

Velho Rio

Velho Rio, aquele Velho Rio
Ele deve saber algo
Ele não diz nada
Ele só continua rolando
Ele continua rolando à frente

Ele não planta batatas
E ele não planta algodão
E aqueles que plantam
São brevemente esquecidos
Mas o Velho Rio
Apenas continua rolando à frente

Você e eu, nós suamos e nos esforçamos
Corpo está todo dolorido e torturado pela dor
Carregue aquela barcaça e pague aquela fiança
Você fica um pouco bêbado e você repousa na cadeia

Eu fico exausto, e cansado de tentar
Eu estou cansado de viver
Mas estou com medo de morrer
Mas o Velho Rio
Ele apenas continua rolando à frente

Num dia qualquer de março, temerosos e escondidos no Anexo Secreto, ouvimos baixinho e em grupo, um apelo na Rádio Orange do ministro holandês Bolkestein. Ele que era um membro do governo holandês, e que tinha fugido para Londres (Grã-Bretanha), pediu aos holandeses que segurassem quaisquer papéis que ilustrassem o que eles estavam passando durante a ocupação alemã, assim que a guerra terminasse. Letras, por exemplo, ou diários, ou discursos. O pedido dele me inspirou. Um dos meus diários pode ser publicado sobre esse meu tempo aqui escondido, quando esse inferno de guerra acabar e formos todos nós novamente livres. Que D.us nos abençoe e proteja.

....

Ah os tantos canais de Amsterdã, que vão e que vem, afinal, que mensagem levam e trazem, semeados entre lágrimas, tulipas várias, margens opressoras, vestígios de ausências?...

Quase meia-noite

A vida é um caminho de sombras e luzes. O importante é que se saiba vitalizar as sombras e aproveitar a luz.
Henri Bergson

Perdi o sono.

As sombras me vigiam.

Alguns brigam com fantasmas adquiridos nesses ermos...

Alguns roncam, outros dormem; escuto a respiração da sombra na noite.

Eu queria morrer num domingo de sol de primavera.

Oração da Meia-Noite

Chaim Nachman Bialik (Rússia, 1873-1934)

Na escuridão da noite, o vento derrama
baldes de chuva no rosto da aldeia;
A pobre terra, afundada em lama,
salpicos e repouso, descansa.

As ruas calaram-se, apenas se ouve
o crepitar do cair da chuva.
Em redor, as casas humildes
projetam-se, aqui e ali, da escuridão.

Como órfãos que boa gente esqueceu
de vestir antes do soprar dos ventos frios,
as barracas de telhados nus
agacham-se procurando abrigo.

Será que sonhos medonhos inquietam o seu descanso?
Será que visões abomináveis se colam em seu redor?
Erguendo os punhos no ar,
parecem tremer e protestar.

Os pingos de chuva escorrem nas paredes
e com o som de choro enchem os ouvidos,
os telhados encharcados balançam, soltos.
A pequena aldeia cobre-se de lágrimas.

Nem uma estrela penetra a escuridão,
densa, suspensa sobre nós,
uma janela apenas revela uma centelha:
Um judeu acordou para orar à meia-noite.

Papai, pim

Quando em tempos normais de paz, o papai nos colocava para dormir, ele garboso e solícito as vezes carinhoso e prudente nos contava uma história antes de cairmos no sono dos justos. Ele as inventava, sabido e criativo, quando não repetia a contação da mesmíssima e aumentada história das chamadas "Duas Paulas", que, grosso modo, e, curto e grosso, era a prosopopeia com pataquadas de duas meninas que vivem toda sorte de aventuras, uma, a doce Paula a obediente, recatada, contida, a outra Paula malcriada e birrenta, que é uma menina que faz um monte de travessuras, assim, tipo eu.

Silenciar sobre o inaceitável e inadmissivel

Querido Diário,
Não está mais aqui quem calou.

Margot

Margot Betti nasceu antes de mim, em 16 de fevereiro de 1926, em Frankfurt, na Alemanha. O segundo nome dela, Betti, vem da falecida irmã da mãe, a Tia Bettina. Os nossos pais brincando a chamam carinhosamente de "Mutz".

O Pai, cheio de afazeres e também fotógrafo nas horas vagas, e a mãe protetora da primogênita, montaram um álbum só para ela, que, as vezes aqui, em silêncio, folheamos, saudosos e carentes.

Eu, com ciuminho, claro, senão não seria eu; não sendo de levar desaforos para casa, tenho alguns desaforos aqui dentro de mim como num tacho fervendo, mas engulo calada, fazendo tipo, só sondando a preferida e bela e certinha para ver que apito ela afinal vai tocar no frigir dos ovos.

Ela é mais sossegada, mesmo que sistemática, metódica, e quer ser enfermeira, médica, sei lá. Às vezes brigamos, as vezes fazemos as pazes, a Ratinha não é fácil de se levar no bico.

Ela também escreve seu diariozinho mixuruca, só com menos vigor, com mais vagar, sossegada, na dela; dei umas sapeadas sorrateiramente e dissimulada as vezes, mas se ela saca, tô perdida, ela chia barbaridade, não gosta, e de cara me chama de intrometida da pá virada, de curiosa de uma figa, às vezes, cá entre nós, acho que ela é que está certa, na dela, sempre se assuntando e engolindo a seco, numa boa, sem guerrear, sem se alarmar ou dar na vista, pois ainda assim e apesar de tudo leva a vida de tantas agruras e impedimentos aqui, na flauta.

Uma flauta mágica e invisível, só pode.

Bons tempos aqueles em que éramos felizes e não sabíamos que éramos, e nem sabíamos das trincheiras do inferno que nos esperavam. Três anos após o nascimento dela, em 12 de Junho de 1929 nasci eu, topetuda, e desde logo ganhei a proteção possível de Margot, pois que sou arisca e não paro em lugar nenhum, ela as vezes não me assume, não compete, tá pouco se lixando, não consegue me acompanhar, me deixa no vácuo, e lá me vou e me venho serelepe, arisca, a sempre eufórica e atiçada irmãzinha doidinha, de pavio curto.

Tivemos uma primeira infância feliz pra caramba, curtíamos os pais, e sabíamos alvoroçar as brincadeiras com a petizada do bairro.

Uma crise, no entanto, atinge todo mundo, e fomos pegos de surpresa.

Papai, a quem também carinhosamente chamávamos de Pim, como já disse, titubeou de início, antes de, de vereda se assomar e saber que corríamos riscos, quando depressinha teve que rever contratos, comprar contatos, selar consciências, abrir rotas de fuga, foi quando então nos removemos e açodados nos mudamos... e não paramos mais, pois a situação política se avolumou, principalmente na medida que os nazistas antissemitas ganhavam terreno, e nós, como partes de um povo marcado, corríamos riscos.

....

O mesmo sonho recorrente, estou passada, ou, ainda, o mesmo pesadelo, estou cismada, durmo-acordo; e ele o sonho-pesadelo me vem e se vai, e se repete, feito também um soturno leitmotiv mental, que impera,

feito um cerzir íntimo, uma costura do maldito alfaiate do anjo feroz da noite, isso feito neura ou sequela, primeiro uma longa estrada cheia de fogueiras da cor de laranja, as vezes uma longa estrada de rebanho de bisões verdes ou cinzas...

depois muda o quadro e tudo de horrendo surge do nada dentro de um favo de um sonho bom,

que é meu feitio, e então ocorre um disparo como um instinto íntimo que verga todo meu ser,

e eu caminho,
perambulo,
saio de mim e do sonho bom,
para isso,
e digo,
conto relato,
porque lembro,

infelizmente lembro...

Perdoem, se lembro.

....

Circulo pelos tantos escombros quanto é possível botar os olhos no perto, no fel do longe, e no favo do dentro, nas redondezas, em horizontes fúnebres.

Sou parte anômala deles todos, disso tudo,
de montes fétidos,

de lixões podres,

corpos,
corpos,
corpos

caveiras,
crâneos,

terra, areia, cinzas,
entulhos de bombardeios, de ocasionais cavernas urbanas,

camufladas de restos de madeiras, pedras, desmoronadas paredes de contenções, ferragens, bichos mortos... animais mortos, esqueletos secos,

O sonho,
O Pesadelo,
Sonho bom depois do pesadelo...
E então,

EU VI A GLÓRIA DE DEUS

E havia aquele lugar, todos esquálidos, e um enorme forno de fazer pão para uma montanha de gente, e um cheiro amortecedor, mas não cheio de pão assando...

Deus meu,
Deus meu,

Por que me desamparastes?

E o gás letal apagava o céu da alma das pessoas,
Eu me vi,
e não me vi,
e então...

um carro de fogo tomou minha alma nos ares

SANTO SANTO SANTO
E fui resgatada do fogo daquele inferno na terra, fui resgatada no alto...
E me vi erguida nos ares
E o criador era dono de todos os horizontes,
e céus e terras cantavam a Glória de Deus,
proclamavam

E vi o leão e o cordeiro
E minha voz se fez palavras de júbilo
E então as minhas palavras fizeram parte do todo

E O INFINITO UNIVERSO TODO MULTIPANGAGALAXIAL
Era só
um neurônio de Deus

Acordei chorando.
Assustada,
em sobressalto,
Uma carruagem de fogo no peito,

Entregue!

(ah as desesperadas notícias ruins e informações – não acreditamos (como é possível?) – que nos chegam...)

Anne pela Anne

Triste Diário Número Dois

Esse mundo louco do jeito que está, as notícias que veladas ou não nos chegam como pergaminhos de ódio e rancor, tenebrosos tempos terríveis, e a gente corre o risco de pirar de vez, se não se cuidar direitinho, por isso inventamos coisas até estúpidas para pensar, ocupar a mente, e assim sonhamos ideias de jerico, uma paixão talvez boba pois impossível e certamente até proibida acaba sendo um inventado amor que deve ser e precisa ser apoio, sustentação, um real imaginável. Pensa que é fácil amar por você mesmo e pelo outro lado também que nem sabe que você existe? Não é fácil. Mas é isso. É o que podemos. É o que temos. É o que somos. Eu deveria ter um irmãozinho? Coitado dele. Fico imaginando. Uma irmã metódica e sistemática, e outra intrépida e meio palerma da pá virada.

Você querer inventar uma coisa para fazer, ganhar tempo, ocupar-se, e não ter nem o que fazer, nem mesmo o que inventar que preste e que sirva, nem espaço claro e amplo ou motivação imperiosa, então você foge na escrita, mergulha nas invencionices bárbaras, quando não apoia-se na ideia de uma paixão impossível, um amor inventado, um fantasma de carne e osso, um príncipe imaginário, e assim você romântica se encosta na ideia, se apoia, se escora, feito um suporte espiritual também inventando para você singrar os mares bravios e rios tormentosos desses dias perdidos e entrevados aqui. E as notícias cada vez piores chegando, e medos, riscos, papai em polvorosa, mamãe fechada em leque, que não esperava isso tudo, e assim eu escrevo feito uma doida, cabelo de milho em pé que está feio, malcuidado, orelhas em pé, sentindo riscos, sentindo medo, e sentindo que esse medo começa a cheirar. O meu, o nosso. Nas ruas. Cidade bonita com ruas tristes, pessoas apressadas, como baratas tontas, fugindo de lá para cá, a dura sobrevivência possível, a Holanda invadida, para uns, festa, para outros, medo, insegurança. E os canais como rios de amargura de todos nós, sobressaltados, precavidos demais, nos escondendo em gestos, neuras, medinhos e grandes medos.

Sou uma estrangeira em terra estrangeira que tem no comando bisonhos estrangeiros.

Sonho ou Pesadelo

Tive um arremedo de sonho terrível, aliás, para lá de terrível. De novo. Outra vez. Será o impossível? Parecia que para especialmente sonhá-lo tomei uma dose de veneno, ou de absinto.

E no sonho, como um aviso, uma profecia, uma voz de trombone-contrabaixo em forma de areia soando se levantou do deserto, do lado de uma sarça ardente, como a que contemplou e falou com Moisés, e disse, me encorpando como se uma voz com asas, me abraçando ao soar (e clamei socorro e perdão, de medo), e ela disse:

- Para tomares a barca voadora de teu destino, não esperes que seja no remanso de teu quintal da tua casa antiga, nem no jardim da praça perto do quartel e ao lado do canal, nem na silencitude da Sinagoga, nem no pátio de uma escola de artes, muito menos nos fundos escondidos do teu anexo secreto.

E sentenciou:

- Terás que ir ao inferno, para tomares a barca voadora que te libertará. Terás que ir até o inferno...

- No inferno serás embarcada e te livrarás de tua cruz, e então de libertarás de ti.

Acordei chorando no escuro.

Sou uma molenga.

Frases

- O livro dos medos ainda não foi escrito. Mas como dói.
- A vida agora é um ponto de interrogação à beira do abismo
- Só os imbecis são felizes?
- Não há sensações no esquecimento.
- As gotas da chuva quando caem trazem informações do outro lado do universo
- Se vamos atravessar o deserto de nós mesmos, que seja com a esperança da águia, com o silêncio da serpente e com a braveza de nossas próprias desesperadas ilusões

- 0-

(Desconheço os autores, acho que catei correndo, ou vi, li ou ouvi em algum lugar, tipo ouvir o galo cantar e não saber onde, e quando e como. E depois sou muito preguiçosa para ir atrás de saber quem são os autores, muito menos que importância isso tem, para um secreto diário-número-dois que possivelmente ninguém nunca vai ler mesmo)

Dias que Voam

Querido Diário

Copiando da Margot, brincadeirinha para ver o tempo passar, pergunto e respondo:

Se Eu Fosse (Dias que Voam):

***Se eu fosse um mês seria o mês de Junho, porque nesse dia abençoado de Deus me dei por existindo aqui no Planeta Terra.

***Se eu fosse um dia da semana seria Sábado, Sabat (Noturno).

***Se eu fosse um número seria o 7. Além de ímpar e único é místico como eu escrevendo também treino para ser, e sobreviver sendo.

***Se eu fosse uma flor, seria girassol, o nome já diz tudo e sua forma esplende o sol.

***Se eu fosse uma direção seria... "Voltar para casa"; o que quer que seja casa agora, casa, lar, lugar de estar e ser em mim.

***Se eu fosse um móvel teria que ter rodinhas e pás de vento nas janelas.

***Se eu fosse um liquido seria... vinho de flores

***Se eu fosse um pecado seria... A Própria Tentação de Descobrir o Indizível, o Inominável e o numinoso dentro do inominável.

***Se eu fosse uma pedra seria... Pedra-sabão. A água e o esmeril fazem dela arte e a eterniza no estético e no imagético.

***Se eu fosse um metal seria... O Bronze, para soar a culpa dos avaros e lazarentos que encardidos de impurezas destroem coisas belas.

***Se eu fosse uma árvore seria... Uma árvore de bicicletas...

***Se eu fosse uma fruta seria... Abacaxi, é fruta-flor (já pensou?).

***Se eu fosse um clima seria... Tropical de Prelúdio!

***Se eu fosse um instrumento musical seria... Coração: soa a música dos anjos e ninguém ouve o seu próprio (Consulte Sempre o seu Coração).

***Se eu fosse um elemento seria... A água. Porque lágrimas e águas se atraem e singram poemas nunca dantes navegados.

***Se eu fosse uma cor seria... Amarelo-manteiga de lírio-auroral.

***Se eu fosse um animal seria... Uma Girafa. Está mais perto do céu.

***Se eu fosse um som seria... O da oração derramada da Mãe, com sua voz de clarinete...

***Se eu fosse uma canção seria... as Quatro Estações de Vivaldi

***Se eu fosse um perfume seria... lavanda-francesa

***Se eu fosse um sentimento seria... Laços de ternura.

***Se eu fosse uma comida seria... Omelete de cogumelos (para comer com maionese que adoro)

***Se eu fosse uma palavra seria... Esperança. Não somos todos uma fonte de?...

***Se eu fosse um verbo seria... Amar

***Se eu fosse um objeto seria... Um abridor de latas de sopas.

***Se eu fosse uma peça de roupa seria... Um capote da cor do céu já adaptado com omoplatas celestes.

***Se eu fosse uma parte do corpo seria... O Cérebro.

***Se eu fosse uma expressão seria... "Lar...Doce Lar..."

***Se eu fosse um desenho seria... O Grito de Edvard Munch .

***Se eu fosse uma forma seria... Uma Nuvem-lesma em forma de coração.

***Se eu fosse uma estação seria... Uma Manhã de Primavera no Jardim da Alma Nau.

***Se eu fosse uma frase seria..."Está escrito"

A glória do tempo é acalmar reis combativos,
Desmascarar falsidades, trazer a verdade à luz,
Imprimir o selo do tempo a objetos envelhecidos,
Despertar a manhã, velar à noite,
Punir o culpado até que reto fique,
Arruinar com suas horas orgulhosos edifícios,
E neles sujar de pó cintilantes torres douradas

- O rapto de Lucrécia, Shakespeare

Hoje eu acordei com a macaca

Todos sisudos aqui, de tromba, com a pulga atrás da orelha, ou como se com uma barata albina atrás da orelha, e ainda acham que vi passarinhos verdes na linha do horizonte.

Deveriam fazer omelete de caspas, de beiços moles, baratas, moscas, pulgas e piolhos.

Escrevendo faço omelete de lágrimas, com torta de silêncios, e maionese de palavras desparafusadas em tempos que chocam ovos de serpente.

Bem-aventurado aquele a quem tu escolhes, e fazes chegar
a ti, para que habite em teus átrios.
(Salmo 65.4)

....

Quanto mais me afastam da terrível realidade triste,
mais eu
desesperadamente
ESCREVO
minha
própria
realidade
substituta

Sapecas Irmãs Frank

Como todas crianças sapecas, irmãs, nas relações familiares pouco pacíficas entre nós, a bem dizer, de vez em quando Margot implica de graça comigo, que acabo mesmo tendo uma chata de galocha, inquieta e destrambelhada, respondona.

Então eu a maroteio, que também não sou de fritar bolinhos.

Ela puxa meu cabelo, me belisca, fico uma arara. Vez em quando rola uma guerra de travesseiros. É pena de ganso para tudo quanto é lado.

Duro é arrumar depois, ou ficamos de castigo.

Eu, na verdade, acho que estarmos confinados aqui no nosso anexo secreto já é um castigo.

Embora Einstein tenha dito que Deus não joga dados com o universo, fico sempre de butuca, sacando o risco que nos ronda...

Querido Diário

Se a nova arca de Noé, barca voadora que seja, nesses tempos tenebrosos vier me salvar, como sou detravessada e as vezes entretida com bobagens, é bem capaz mesmo que eu não seja escolhida para a semente, e tome mesmo a arca do naufrágio...

Sombras, Sonhos e Sentições

Quer saber? Entre quatro paredes, moscas, baratas, jogo de sombras, jogos de chá...

- ... aqui, ou lá fora. Dentro de mim, no entorno quadrado, essa minha ex estúpida paixão secreta indo e vindo, recorrente, feito entusiasmo repaginado, carência e cisma, depois, remorso, recusa, vergonha, receio e desleixo? Medo e raiva. Frustração e ódio... Paixão secreta mesmo? Ah amores e desilusões pueris...

Minha paixão secreta: Minha família.

Depois, minha liberdade.

Este meu diário bobo e também o outro mais pesado, sério, o número dois, o mais importante...

Palavras, palavras, palavras... frases, sentenças, orações, parágrafos, minha mais louca paixão secreta: LIVROS. E leituras.

Eterna aprendiz da alma humana?

Perdoem se eu, uma desmiolada, uma desparafusada feito uma banana escrevo pelos cotovelos sobre sombras, sobras, farpas; entre sonhos, pesadelos e possíveis alucinações, amores vis. Inventar o inexistente: perdoem este livro. Não era para ser assim.

Filosofia é incerteza. Pensar é sofrer. Cismar é um perigo. Pensar e sofrer é ter consciência e assim ferir-se de sentições...

A longa estrada de fogueiras cor de laranja de minhas cismas, de meus sonhos inseguros, de meus labirintos imprudentes, de minhas cavernas de Platão, de meus tantos anexos, encruzilhadas, trilhas, textos, romances inventados, veredas...

Afinal, em que lugar tudo isso vai dar em mim?

Perdoem, eu só escrevo. Não tenho culpa. Não tenho respostas. Não há respostas. Essa é a resposta?

Brincar de ser gente dói. Nem sempre se vê lágrimas no caos indizível e inominável.

Eu não tenho culpa ainda... ainda...

Fujo-me nos livros. Nas palavras. Nas escritas, verbos, orações. Mas minha vida não tem nada demais... Não tem importância... Nada faz sentido. O que eu poderia dizer que fosse bela e sabida lógica liquida e certa? Sou apenas uma menininha romântica e boba que a sensibilidade ferida tirou para dançar uma valsa vienense triste.

Eu não quero mais brincar de ser infeliz.

O inferno são os outros, disse Jean-Paul Sartre.

Quero minha paz de volta.

Mãe, pai, vocês ainda estão aí?

No escurinho viciado do quarto-cela, Margot dormindo ainda segura minha mão frágil e fria. Em que planeta ela repousa sua pura alma meio radar agora?

Os loucos herdarão a terra?

Tem dias que é melhor não ter consciência

Perco o Sono

"Não sei aonde vou, mas já estou a caminho"
Carl Sandburg

Perco o sono. Medo de dormir e ter o mesmo sonho-pesadelo, ora bom, ora ruim, e como sou osso duro de ruir, um dia ou outro finalmente vou capitular, e pirar de vez? Ah a sanidade prometida...

Às vezes pensando em Shakespeare, com o sono sendo o prenuncio da morte (e o treino para a morte), quero dormir, e, Deus me perdoe, talvez não acordar nunca mais para essa dura realidade, muito triste e difícil de suportar; aqui escondidos como ratos no porão de uma galé a deriva...

Então aceito comungar o sono como treino, e garro a contar carneirinhos... Não é assim que funciona, como diz a lenda?

As palavras me vêm como carneirinhos, por ordem alfabética, ou melhor, os carneirinhos tosquiados me vêm vestidos com pele (de lobo?) de palavras, letras, frases, orações, sentenças, pensaventos, e garro a escrever no escuro... e risco, risco... e risco abrupta e dura até que um chiu no breu me dá um pito...

Paro.

Um... dois... três... Volto a contar carneirinhos...

Numa esquina do tempo... longe, muito longe... longe demais...

Escrevendo os 2 Diários

Não existe o esquecimento total: as pegadas impressas na alma são indestrutíveis.
Thomas De Quincey

Escrevendo um diário, o número um, me policio...

Contenho as emoções, dentro do limite do possível...

O da paixão impossível, secreta, bobinha, que me sustem (ou sustia?) e me nutre (ainda preciso disso para tentar doer menos o sobreviver?) já solto as amarras, lanço âncoras... paroles, paroles... vazo emoções, solto as asas da imaginação buscando point de fuga, válvula de escape, porto de saída... hangar...

(Preciso ainda de uma inconveniente e boba paixão imaginária para viver como o ar que respiro?)

... tirei de todas as páginas com o bendito e mesmíssimo comecinho chulé, tipo Querido Diário; querido diário, etc. - estava meio chato, bobinho, repetidor, coisa de criança... Já sou mocinha, sabiam?

Então aqui fico mais à vontade.

Escrevo e pronto.

As palavras valem ouro, tenho que me acostumar entre um estilo e outro, treinar, reinar, insistir; para ser jornalista, escritora, talvez atriz, talvez ventríloqua, talvez dançarina...

Tenho muitos planos pós-guerra.

....

Cães latindo...

De novo o maldito sonho-pesadelo recorrente?

Mas eu não estou dormindo...

Estou acordada. Muito bem acordada... acordada até demais...

(Queria estar dormindo agora)

A SS; sim, deve ser a Gestapo, talvez dúzias de trogloditas da Oberfeldwebel(*)

(*)sargentos na hierarquia militar do Terceiro Reich).

....

.É se entregar ou morrer aqui mesmo.

Não brincam em serviço.

Para eles tanto faz matar agora e rápido; cumprirão a missão. Fomos denunciados?

De um jeito ou de outro
não há mais guetos agora...

Está consumado...

Arrombaram,
O anexo – estamos perdidos!
Fomos descobertos...

Pai!
Mãe!
(Eu posso apagar a luz...)

....

(preciso esconder esse diário, minhas bijuterias de madeira, sementes, pedrinhas, e o outro diário também... camuflar entre sacos de restos de batatas inglesas, entre baratas, piolhos, teias de aranhas...)

A ti meu Deus-Pai-Criador do céu e da terra,
entrego o meu destino,
a minha vida,
entrego a Ti a minha longa estrada de fogueiras da cor de laranja,

entrego a Ti o meu espírito...

-0-

FIM

As pessoas comuns não sabem
quanto os livros significam para
alguém escondido.
Anne Frank

Sugestão de leitura:

O Diário de Anne Frank - Edição Definitiva
Anne Frank

Editora Record

Pos-scriptum

Amsterdã na guerra

Amsterdã, 26 de maio de 1943 – Batida policial: 3 mil judeus são deportados para campos de extermínio, via campo de triagem de Westerbork.

26 de maio de 1943 - Grande caçada aos judeus no centro e na zona leste de Amsterdã. Na noite do dia 25, somente 500 judeus se apresentam voluntariamente, e as buscas são suspensas. No dia seguinte, 3 mil pessoas são levadas pela polícia, e deportados para o campo de triagem de Westerbork. A maioria seguiu de lá para o campo de extermínio de Sobibor.

....

4 de Agosto de 1944

Neste dia Anne Frank e a sua família eram presos por agentes da Gestapo em Amsterdã, na Holanda.

Os 4 membros da família Frank, os 3 membros da família van Pelses e Fritz Pfeffer estavam escondidos há mais de 2 anos no anexo secreto construído nas traseiras da fábrica de Otto Frank.

Durante 2 anos mantiveram-se num estado de constante estresse, sempre com receio de serem denunciados ou descobertos.

Eram ajudados por 4 ex-funcionários de Otto Frank, os únicos que sabiam da existência do anexo.

E neste dia, movidos por uma denúncia (que ainda não se sabe de onde partiu!), agentes da temida Gestapo invadiam as instalações e prendiam as 8 pessoas que estavam escondidas no anexo.

Como estavam escondidos foram tratados como criminosos e enviados para uma prisão comum, de onde seriam transferidos para campos de trabalhos forçados.

Algum tempo depois acabariam por ser transferidos para o campo de concentração de Auschwitz, onde boa parte do grupo original de 8 pessoas acabaria por morrer, inclusive a mãe de Anne.

Em 1945 Anne e a sua irmã, Margot, seriam transferidas para o campo de Bergen-Belsen, na Alemanha, onde morreriam entre Março e Abril de 1945 (a data exata, como é óbvio, não é conhecida).

O seu pai, Otto Frank, seria o único a sobreviver e alguns meses após o fim da guerra retornaria para Amsterdã.

Miep Gies, uma das 4 funcionárias de Otto que sabiam da existência do anexo, entregou-lhe várias caixas contendo papéis e objetos pessoais que ela recolheu após a saída dos agentes da Gestapo.

Dentre esses papéis estava um diário que Anne Frank escreveu durante o tempo em que esteve escondida.

Cartaz holandês anuncia o bombardeio de Berlim como se fosse uma partida de futebol entre a Inglaterra e a Alemanha

8 de agosto de 1944 - Os 8 ocupantes do Anexo Secreto são levados de trem da Estação Central de Amsterdã para o campo de triagem de Westerbork.

Breve História de Amsterdam

Amsterdam surgiu de um pequeno povoado de pescadores, como todas as cidades que ao longo da história se desenvolveram ao lado do mar. No século XII, a construção de um dique (dam) sobre o rio Amstel deu nome ao povoado aí assentado: Amsteldam. Em 1358 fez parte da Liga Hanseática e começou a se destacar como centro comercial no norte da Europa. Carlos V da Espanha herdou os Países Baixos de sua avó Maria, da Casa Ducal de Borgonha. A dependência da Espanha e o descobrimento do Mundo Novo abriram novas oportunidades a Amsterdam, que se tornou o segundo maior porto do mundo, atrás apenas de Lisboa. Se especializou no comércio de grãos e armas e foi sede da revenda das especiarias procedentes da Índia depois que o rei de Portugal abriu uma delegação na cidade.

A Guerra dos Oitenta Anos

Em 1578, Amsterdam se uniu à guerra contra a Espanha. As causas da revolta contra as tropas espanholas do rei Felipe II foram a luta pela liberdade religiosa, a defesa dos privilégios das classes dominantes e o crescente nacionalismo, unidos ao mal-estar criado pela repressão promovida pelo Duque de Alba e pela imposição de novos impostos, como o Centésimo e a Alcabala.

Guilherme de Orange, "o taciturno", se colocou à frente dos rebeldes e depois da Guerra dos 80 anos, os Países Baixos venceram os espanhóis e alcançaram a independência. Em 1580, com a união da Espanha e de Portugal, Amsterdam tem que procurar novos fornecedores. Contrariando a proibição da Espanha, seus navios chegaram a Malabar, Malaca, Molucas e às pequenas Antilhas. Em 1609 é criado o Banco de Amsterdam seguindo o estilo do banco de Veneza, fato fundamental para o desenvolvimento do seu comércio. Nesse século, se torna o centro financeiro mais poderoso do mundo e sua bolsa é a primeira que funciona diariamente.

O Primeiro Século de Ouro

O século XVII é considerado o Primeiro Século de Ouro de Amsterdam. Nessa época foi construída a Prefeitura da Praça de Dam e a cidade foi residência de intelectuais e artistas que, fugindo das guerras que assolavam a Europa, se refugiaram na próspera cidade: Rembrandt, Spinoza, Descartes.

Em 1632 foi criada a Academia de Amsterdam.

Com a chegada dos judeus expulsos da Espanha e de outras zonas dos Países Baixos Espanhóis, Amsterdam se tornou o centro internacional de pedras e metais preciosos. Era a aristocracia mercantil quem controlava a cidade e, para defender seus interesses, em duas ocasiões chegou a romper os diques da cidade. Da primeira vez, para se opor a Guilherme II e a segunda a Luís XIV da França.

Em 1602 se estabeleceu em Amsterdam a sede da Companhia Holandesa das Índias Orientais. Seu tráfico colonial abarcava meio mundo, em concorrência com ingleses, espanhóis e portugueses. Em 1664 foi criada em Amsterdam a Companhia das Índias Ocidentais, que se destacou pelo transporte de escravos entre África e América. Até o final do século XII, pela concorrência com os ingleses, os Países Baixos começaram a perder poder e o controle de suas colônias. Além disso, Amsterdam perdeu poder político a favor de Haia. As guerras contra a Inglaterra, as tropas prussianas e francesas colocaram um ponto final em dois séculos de prosperidade.

Amsterdam, capital dos Países Baixos

Em 1810, Napoleão invadiu os Países Baixos e Amsterdam se tornou sua capital. A invasão afetou seu comércio, que pagou muito caro pelo bloqueio internacional. Depois da derrota das tropas francesas, o Congresso de Viena de 1815 criou o novo Reino Unido dos Países Baixos, que incorporou a Bélgica e Luxemburgo. Amsterdam se manteve como capital do novo país. Em 1830, os belgas se rebelaram e conquistaram a independência. Pouco depois, Luxemburgo faria o mesmo. O Segundo Século de Ouro de Amsterdam se deu nas últimas décadas do século XIX e veio com a revolução industrial. A nova riqueza mudou a paisagem urbana consideravelmente: foi a época de grandes obras públicas, novos museus, a Estação Central, o Concertgebouw, e da abertura de novos canais.

Durante a Primeira Guerra Mundial, a Holanda se manteve neutra. Na Segunda Guerra Mundial, tentaram se manter neutros, mas as tropas nazistas não o permitiram e invadiram o país no dia 10 de maio de 1940. A perseguição aos judeus teve na Holanda um de seus capítulos mais trágicos e cerca de 100.000 judeus foram deportados aos campos de extermínio.

Libertação da holanda que recebeu as tropas alemãs que a invadiram com festa pelos nazistas locais

No Dia da Libertação, também chamado de Dia da Liberdade, os holandeses comemoram a rendição da Alemanha Nazista. Para a Holanda, isso marca o fim da Segunda Guerra Mundial, embora a guerra ainda não houvesse terminado no resto da Europa e na Ásia. O Dia da Liberação é celebrado em grande estilo, com festivais em Amsterdã e nas capitais das 12 províncias.

Um estudo do Museu Anne Frank, em Amsterdã, sugere que o esconderijo da garota judia pode ter sido encontrado por acaso. "A questão sempre foi: quem traiu Anne Frank e os outros que estavam escondidos? Mas esta concentração explícita na traição limita a perspectiva em relação à prisão. A instituição, que preserva a memória de Frank – famosa por ter seu diário publicado no best-seller mundial O Diário de Anne Frank (1947) e se tornar um dos maiores símbolos das vítimas do Holocausto –, afirma que, apesar de vasta pesquisa, até hoje não se sabe especificamente quais acontecimentos culminaram na deportação da garota e sua família para o campo de concentração Bergen-Belsen, na Alemanha, onde ela morreu aos 15 anos de tifo.

No entanto, segundo Ronald Leopold, diretor-executivo da Casa de Anne Frank, nova pesquisa sugere que, além da denúncia anônima aos alemães nazistas em Amsterdã, duas novas hipóteses devem ser consideradas.

A primeira

Em agosto de 1944, uma investigação de uma possível fraude de cupons para comprar alimentos pode ter levado à descoberta do paradeiro dos Frank; meses antes, a garota menciona em seu diário prisões relacionadas à busca. Os dois homens responsáveis pela distribuição ilegal de cupons vendiam alimentos para os Frank.

A segunda

A outra suposição diz que a descoberta do paradeiro da família foi consequência de outra investigação: a de uma empresa que dava permissão de trabalho a judeus, que assim evitavam a convocação ao trabalho forçado e a deportação para a Alemanha. O encontro de paradeiro de judeus ao acaso era frequente, segundo o estudo do museu. Uma investigação do Museu Casa de Anne Frank não rejeita a possibilidade de que as pessoas escondidas foram traídas, mas outros cenários também precisam ser levados em conta.

A história de Anne Frank

Anne Frank, seu pai, Otto, sua mãe, Edith, e sua irmã mais velha, Margot, passaram a viver em um esconderijo em um prédio de Amsterdã para escapar dos nazistas que ocupavam a Holanda durante a 2ª Guerra Mundial em 1942. Junto com outra família judia, o Van Pels, e um dentista amigo, eles ficaram escondidos por dois anos até serem descobertos pelos nazistas e mandados para campos de concentração, em agosto de 1944.

Durante todo esse tempo, Anne manteve um diário. Ela morreu de tifo no campo de Bergen-Belsen em março de 1945, aos 15 anos. Já Otto Frank, o pai de Anne, sobreviveu e publicou o diário da filha pela primeira em 1947. Hoje a obra já foi traduzida para mais de 60 idiomas e vendeu milhões de exemplares

Os 8 do Anexo Secreto

Anne Frank e os outros moradores do Anexo

Em julho de 1942, a família Frank passa a se esconder no Anexo Secreto. A família Van Pels chega lá uma semana depois. As duas famílias já se conheciam: Otto Frank e Hermann van Pels são parceiros de negócios. Após quatro meses, chega Fritz Pfeffer, o oitavo escondido. Ele é o dentista de Miep Gies.

.01
Anne Frank
Filha de Otto e Edith, irmã de Margot

02
Otto Frank
O pai de Anne e Margot, marido de Edith

03
Edith Frank
A mãe de Anne e Margot, a mulher de Otto.

04
Margot Frank
Filha de Otto e Edith, irmã de Anne

05
Hermann van Pels
Pai de Peter, esposo de Auguste

06
Auguste van Pels
Mãe de Peter, mulher de Hermann

07
Peter van Pels
Filho de Hermann e Auguste

08
Fritz Pfeffer
Noivo de Charlotte Kaletta e pai

Os funcionários da empresa de Otto Frank ajudaram os escondidos. Eles providenciam comida e cuidaram de algo extremamente necessário que era elevar o bom ânimo das pessoas no esconderijo. Sem eles, esconder-se seria impossível.

Miep Gies
Mulher de Jan Gies
Bep Voskuijl
Filha de Johan Voskuijl
Jo Kleiman
Contador da Opekta e Pectacon
Victor Kugler
Funcionário da Opekta
Jan Gies
Marido de Miep Gies

Sobre o escritor de *Leitmotiv*:

-"Em Goto, a Lenda do Reino do Barqueiro Noturno, de Silas Leite, Itararé entra pela porta da frente da literatura e ganha foro comparável ao de Yoknapatawpha County de William Faukner, de Macondo de Gabriel Garcia Marquez e de Santa Maria de Juan Carlos Onetti. Obra do século XXI(...), de linguagem rebelde, assumindo-se como não-romance ou antirromance, ao romper com as fôrmas literárias do Romantismo e do Modernismo segundo Massaud Moisés.

Adelto Gonçalves, dr em literatura/USP.

-"O que chama a atenção no texto de Silas é o prazer que o autor sente em narrar, prazer este que se transmite ao leitor como um forte apelo que se espera da verdadeira literatura.

Moacyr Scliar, escritor (ABL-Academia Brasileira de Letras)

-"Silas, Poeta com P Maiúsculo, autor do belo GOTO e do originalíssimo Desvairados Inutensílios, onde o talento fulgura como um diamante luminoso num veludo negro(...)"

Fernando Jorge Escritor.

-"Silas amigo: Tocou-me forte sua extraordinária e iluminada resenha crítica do meu livro. Senti lucidez e conhecimento.

Carlos Nejar, escritor (ABL-Academia Brasileira de Letras)

-"Silas Corrêa Leite é um poeta criativo. A sua narrativa é de uma linguagem de hoje. Sua construção poética começa pelo título do livro 'Porta-Lapsos'. Linguagem poética cativante"

Poeta Álvaro Alves de Faria, Rádio Jovem Pan.

-"Caro poeta Silas, muito lhe agradeço o envio do Estatuto de Poeta em Russo. A impressão é que o Estatuto tenha sido originalmente escrito em russo! Texto inspirado. Boris Vardanian, professor das línguas"

(Ucrânia/Lvov)

-"Eu assinaria embaixo de seus contos".

Ignácio de Loyola Brandão. Romancista.

-Os contos de Silas Corrêa Leite são fílmicos, cênicos.

João Silvério Trevisan. Balaio de Textos, SESC.

O famoso *Diário de Anne Frank* registra a história de uma jovem que sentiu a barra pesada de viver em meio ao caos da Segunda Guerra Mundial. Retrata pormenores de particularidades pessoais, no período do nazismo e das atrocidades como um triste documento histórico. Partindo dessa premissa, o autor, em homenagem à escritora experimental que queria ser jornalista, entrou no propósito de um projeto a partir de uma possível e imaginária paixão secreta dela, vítima e narradora do diário que ganhou a consciência do mundo. Neste livro uma história contada além do distanciamento histórico datado, mas com as mesmas cinzas, lágrimas e esperanças. Por isso tudo, e assim muito além da longa estrada das fogueiras cor de laranja; muito além do farol do fim do mundo; muito além do vale da sombra da morte; muito além da estrada de tijolos amarelos que um poeta roqueiro cantou décadas depois. A imaginação pode mais do que o conhecimento, disse Einstein. Como a dor e a tristeza não têm tempo e nem lugar, em homenagem a Anne Frank e ao seu pai Otto Frank que foi o único do clã que sobreviveu ao horror de segunda guerra mundial, este diário imaginado. Um livro como testemunho de que a esperança é a inteligência da vida, e criar a partir da dor é humano, embora seja demasiado humano. Mas é até mesmo por isso como um inventado leitmotiv de registro histórico também desses tempos tenebrosos.

pólen soft 90 g/m2
tipologia adobe garamond pro
impresso na primavera de 2023